El Orloj de Paris

Serie El Orloj: Vol. 3

Erasmus Cromwell-Smith II

El Orloj de París
© Erasmus Cromwell-Smith II
© Erasmus Press

ISBN: 978-1-7369968-9-8

Publisher: Erasmus Press
Editor: Elisa Arraiz Lucca
Diseño de Portada: Alfredo Sainz Blanco
www.erasmuscromwellsmith.com
Primera Edición
Impreso en USA, 2022.

Libros de Erasmus Cromwell-Smith

In English

The Equilibrist series
(Inspirational/Philosophical)
The Happiness Triangle (Vol. 1)
Geniality (Vol. 2)
The Magic in Life (Vol. 3)
Poetry in Equilibrium (Vol. 4)

Young Adults
The Orloj series
The Orloj of Prague (Vol. 1)
The Orloj of Venice (Vol. 2)
The Orloj of Paris (Vol. 3)
The Orloj of London (Vol. 4)
Poetry in Balance (Vol. 5)

En Español

La serie El equilibrista
Inspiracional/Filosófica)
El triángulo de la Felicidad (Vol. 1)
Genialidad (Vol. 2)
La magia de la vida (Vol. 3)
Poesía en equilibrio (Vol. 4)

Jóvenes Adultos
Serie El Orloj
El Orloj de Praga (Vol. 1)
El Orloj de Venecia (Vol. 2)
El Orloj de Paris (Vol. 3)
El Orloj de Londres (Vol. 4)
Poesía en Balance (Vol. 5)

The South Beach Conversational Method (Educational)
• Spanish • German • French • Italian• Portuguese

El Método Conversacional South Beach (Educacional)
• Inglés • Alemán • Francés • Italiano • Portugués

The Nicolas Tosh Series (Sci-fi)
•Algorithm-323 (Vol. 1)
•Tosh (Vol. 2)

As Nelson Hamel*
The Paradise Island Series (Action/Thriller)
Dangerous Liaisons Miami Beach (Vol. 1)
The Rb Hackers Series (Sci/fi)
The Rebel Hackers of Point Breeze (Vol.1)

* In collaboration with Charles Sibley.

All books are or will be included in Audiobook

Para mis hijos:

"Los unicornios azules solo existen en la vida, si los podemos ver".

PREFACIO

"Área recreativa nacional del Hells Canyon"
(Verano de 2057)

Aquí no hay señales de civilización. Apenas kilómetros de colinas y playas de arena blanca junto al río.

Las aguas frías y cristalinas son un refrescante contraste con las abrasadoras temperaturas del verano. Verdes y amarillos exuberantes pintan las suaves pendientes que enmarcan ambos lados del río Snake.

Profesor Erasmus Cromwell-Smith II y su otra mitad, la experta en tecnología Lynn Tabernaki, flotan perezosamente a la deriva con la cara y el cuerpo hacia arriba sobre las aguas cristalinas. Una balsa fluvial con kayaks a remolque los sigue unos cientos de metros atrás. Al timón está su guía, quien es un profesor de secundaria de Lewistown, una pequeña ciudad que fue el punto de partida de su expedición.

Pronto estarán acampando para pasar la noche en una playa protegida del arroyo. Han navegado treinta y dos kilómetros durante el día. Mañana, la pareja aventurera, navegará todo el día en sus kayaks por rápidos que alcanzarán la categoría 4 en dificultad.

Mientras descansan bajo un cielo cubierto de estrellas, alrededor de una acogedora hoguera encendida, Lynn piensa en el próximo año académico de Erasmus. La curiosidad la devora por dentro. Ha esperado un momento como este para sondear sus herméticos recuerdos de la niñez. Quizás. Solo tal vez.

—¿Así que llevarás a toda la clase a tu aventura Orloj en

París?— Pregunta.

—No exactamente,— responde Erasmus.

—¿Cuál es el giro?— Lynn presiona.

—Ese año, el camino hacia el Orloj tuvo algunos giros y vueltas,— responde.

—¿Te refieres a otros países?— Pregunta.

—No, en otros lugares de Francia donde existen preciosos relojes astrológicos,— responde crípticamente.

—Estoy perdida por completo,— dice Lynn.

—Por eso una vez más estás invitado a asistir a la clase a través de un enlace web,— dice Erasmus.

—Ya sabes que lo haré, pero no entiendo el gran misterio,— dice protestando sin convicción.

Como es de esperar no abandona e intenta una vez más.

—El año pasado narraste que cuando tenías 13 años pasaste con tu grupo de aprendices de magos a magos jóvenes. ¿Y el año siguiente?— Pregunta.

—Maestros Magos, Lynn. Cuando los seis cumplimos 14 años intentamos convertirnos en Maestros Magos en una búsqueda que nos llevó por toda Francia,— dice de manera superficial.

Lo poco que comparte Erasmus es al menos un pequeño consuelo a su ardiente curiosidad, el resto tendrá que esperar hasta que se imparta su curso.

En el transcurso de la semana, Lynn y Erasmus terminan haciendo rafting por 200 kilómetros del río Snake. A través de una reserva natural perfecta totalmente virgen. Para cuando regresan a Lewistown están descansados y listos para regresar al área de la bahía. Sin embargo, el Orloj de París está firmemente en sus mentes, un viaje mágico por la vía de la memoria, listo para ser descorchado por el pedagogo excéntrico.

"Estación Hyperloop"
(Otoño de 2057)

Estación principal de California Central Valley

El profesor Erasmus Cromwell Smith II desembarca lleno de entusiasmo y expectativas después de un corto viaje desde la estación principal de Hyperloop en el centro de San Francisco en una cabina de gran tamaño en forma de píldora que va dentro de un tubo propulsado por motores de inducción de presión de aire, casi al vacío y a una velocidad cercana a 800 kilómetros por hora. El primer día de clase del año académico siempre es una ocasión especial que disfruta. Mientras el pedagogo saca su bicicleta que guarda en la estación, reflexiona sobre la aventura que tuvo en Francia 25 años antes. Va pedaleando despreocupado y lentamente hacia el campus del instituto. Después de diez minutos aparecen en la distancia los edificios de vidrio y acero de poca altura.

"El Instituto Central de Artes y Literatura"
(Otoño de 2057)

Vestido de pana amarillo pálido de la cabeza a los pies, con su habitual mochila de cuero al hombro, el excéntrico profesor recorre los pasillos de su facultad dando zancadas.

Ya en el instituto le envía un mensaje de texto a Lynn.

Llegas tarde como de costumbre, todos estamos aquí esperándote, Lynn responde.

Él sonríe ante la noticia de que, después de todo, su pareja ha podido unirse a través de un enlace de video.

LOVU, se desvía del tema.

M2, eres incorregible, responde ella.

Como siempre el profesor Erasmus Cromwell Smith II llega tarde. Esta vez por solo cinco minutos. Pero a nadie parece importarle y mucho menos a él. Camina hacia la tarima del auditorio luciendo la más amplia de las sonrisas. Como de costumbre, su clase se transmite a todos los dominios de la nación. Además de los 500 estudiantes en el auditorio, otros 14,000 están asistiendo a través de un enlace web de video en vivo.

—¿Cómo les fue en verano?— Pregunta con un tono enérgico y atronador.

—¡Increíblemente asombroso profesor!— Responde el colectivo estudiantil.

—Por tercer año académico consecutivo regresaremos a Europa. La aventura de verano que tuvo lugar ese año ocurrió en Francia. Una vez más, a través de la belleza de la poesía y la sabiduría de las fábulas atemporales, estaremos viajando en el tiempo para una experiencia increíble que tuve cuando tenía catorce años. Como en nuestras dos clases anteriores, primero en Praga y luego en Venecia, esta es la primera vez en mi vida que comparto estas anécdotas memorables con alguien ,— dice. Bebe un poco de agua y continúa.— Por favor, absténgase de usar cualquiera de sus dispositivos de comunicación personal, esta será mi única advertencia sobre este tema, si alguno de ustedes aún decide usarlos lo hará bajo su propio riesgo,— añade.

—Aunque al principio en Francia todo fue suave, luego se volvió más desafiante y peligroso, pero al mismo tiempo asombroso e inolvidable,— dice el profesor.— Únase a mí, por favor, una vez más en un viaje en el tiempo.

—La historia comienza así ...

INTRODUCCIÓN
(2031)

Los vientos levantan numerosas hojas otoñales enviándolas hacia la luz naciente del amanecer. El aroma de la lluvia es omnipresente, el estruendo que hacen los arroyos se convierte en furiosos rugidos. Los remolinos se levantan, esparcen la hojarasca y desaparecen el polvo, arrojándolo y difuminándolo todo. Las nubes se acumulan rápidamente y en movimiento retardado los truenos chocan después del espectáculo de luces eléctricas. Las fuerzas oscuras acechan a los jóvenes magos. Saben que el grupo valiente llegará pronto. Esta vez, sin embargo, el mundo de lo oculto será implacable: busca venganza y no permitirá que lo ridiculicen una vez más. Solo aceptaran el fracaso de los jóvenes magos. La naturaleza está inquieta porque la magia negra está en el aire. Los espíritus retorcidos de los que siguen a los jóvenes magos están hirviendo, preparándose para un enfrentamiento épico.

(Los seis jóvenes magos)

Durante los últimos doce meses nos hemos hecho amigos íntimos. Aunque nos relacionamos extremadamente bien durante nuestra aventuras en Praga y Venecia, cada experiencia solo duró 24 horas. Y esos dos días fueron tan intensos que apenas tuvimos tiempo de conocernos. Nuestras incesantes conversaciones, video llamadas y mensajes de texto que siguieron se convirtieron en un elemento básico de nuestras vidas. Fue fácil porque ya nos sentíamos bastante cómodos y confiábamos unos con otros. En otras palabras, el espíritu de equipo y dos misiones exitosas fueron el Segway perfecto para la camaradería y la fuerte afinidad que hemos desarrollado desde entonces.

Somos un grupo diverso de seis valientes jóvenes magos de catorce años. Nuestras cabezas están llenas de preguntas sobre nuestra próxima aventura en París. También estamos constantemente debatiendo cuándo y cómo usaremos nuestros poderes a lo largo de nuestra búsqueda en Francia. Durante nuestras primeras temporadas en Praga y Venecia cada uno tenía un apodo: Sofia Casal, también conocida como Reddish, viene de Barcelona, España. Hija del principal pianista y violinista de la Orquesta Filarmónica de Barcelona. Apasionada y muy testaruda, siempre desafía y filosofa cada situación. Sang-Chang Lin, también conocido como Breezie, proviene de Shanghai, China. Estudioso y rápido como acróbata extremadamente talentoso. Minnie Mubate, también conocida como Checkered, proviene de Pretoria, Sudáfrica. Ella es una soprano precoz en el famoso coro pretoriano. Tiene una mente hábilmente analítica y, sin embargo, es extremadamente perceptiva y ferozmente leal. Carol Jamal, también conocida como Greenie, proviene de Beirut, Líbano. Ella es un personaje principal en el programa de televisión adolescente más popular de su país. Es vivaz, curiosa e impulsiva. Sobre todo, es una gran jugadora de equipo. Sanjiv Kalwani, también conocido como Firee, proviene de Bangolore, India. Es un genio de la informática y los aparatos eléctricos. Su mente trabaja a una velocidad vertiginosa. Constantemente cuestiona o hace las observaciones inteligentes sobre todo. En cuanto a mí, Erasmus Cromwell-Smith II alias Blunt, vengo de Boston, EE. UU. Mis padres adoptivos son ciudadanos de la tercera edad y como ambos están jubilados viajan mucho por el mundo conmigo, me han educado en casa desde una edad temprana. Actualmente vivimos temporalmente en Gales, en la pequeña ciudad de Hay-On-Wye, también conocida como Book Town, donde nació y se crio mi padre. Yo estoy muy contento, ya que mi inclinación natural y proclividad en la vida son las librerías de libros antiguos que abundan en mi ciudad natal actual.

(Videoconferencia entre los seis jóvenes magos)
—¿Dónde vamos a encontrarnos con Blunt?— Pregunta

Greenie.

—En la Gare Du Nord (estación de tren del norte de París), —digo.

—¿Misma fecha y hora?— pregunta Breezie.

—Un día antes, a la misma hora acordada,— respondo.

—¿Por qué un día completo antes de nuestro encuentro programado con Orloj?— Pregunta Firee.

—Chicos, es bastante obvio que esta vez, será mucho más difícil encontrar el reloj antiguo,— opina Reddish.

—Así es, hay algunos acertijos que debemos resolver de antemano,— digo.

—Blunt, mis padres todavía se sienten incómodos con tu tía italiana y tu tío americano acompañándonos a los seis durante dos días completos,— señala Checkered.

—Bueno, ambos son padres, así que no tendrán problemas para vigilarnos,— digo.

—Eso es más o menos lo que necesitan, estar tranquilos, reunirse, charlar y conocerse mejor,— dice Checkered.

Al asentir con las cabezas, siento que los padres de mis otros cuatro compañeros tienen las mismas preocupaciones.

—Chicos, traigan solo una pequeña mochila al hombro, no se presenten con maleta, vamos a estar en movimiento todo el tiempo,— les digo.

—Llevo mi tableta, eso no es un problema, ¿verdad?— Pregunta Firee.

—Todos debemos llevar el potencial de informática que poseemos. Es posible que lo necesitemos, especialmente en las horas previas a nuestra búsqueda,— digo.

—Nos vemos en París, entonces,— digo.

—¡Nos vemos!— responden al unísono mis compañeros antes de cerrar la video llamada.

"Hay-On-Wye", Gales

La mayor sorpresa de mi vida ocurre cuando me acerco a mi mentor en la ciudad. Es un mago llamado Winston Wildenkoss, anticuario de libros de Hay-On-Wye que se especializa en el mundo de la magia. En la víspera de mi viaje a París, camino con entusiasmo por la calle de librerías de libros antiguos de la ciudad, de camino hacia mi librería favorita, Wildenkoss, Libros antiguos sobre el mundo de la magia (Est. Muy atrás en el tiempo). Pero cuando doblo la esquina, su tienda ya no está allí. Cruzo la calle de adoquines y me paro frente a un pub nuevo.

'¿Cómo puede ser esto posible? La tienda del Sr. Wildenkoss estaba aquí hace un par de días', reflexiono.

Por un breve momento mientras miro el letrero del pub, mis ojos se abren más del asombro.

Una voz familiar sale de la nada.

—Joven Erasmus, mi trabajo está hecho, ya no me necesitas aquí, nos vemos en París,— dice.

"En ruta de Gales a Londres"

El tren "Welsh-Regional" que abordé temprano en Hay-On-Wye, mi lugar de residencia en la actualidad, necesita desesperadamente una mejora y actualización. Es un medio de transporte discreto, anodino e insoportablemente lento; solo su eficiencia y puntualidad salvan el día para "el rastreador", como lo acabo de apodar, para llegar hasta la estación Victoria en Londres.

Poco sé de lo que me espera en el camino hacia la capital británica. Lo contaré más adelante. Horas más tarde, después de un viaje desconcertante pero asombroso, me encuentro con mi tío Bart, quien ha llegado en un vuelo nocturno desde

14

Boston, en la estación de tren. Encantado de estar mucho más cerca de París, la ciudad de la luz con más de 2000 años de antigüedad.

Victoria Station, Londres

Es mi persona favorita en el mundo después de mis padres. El vínculo y la afinidad que nos une es absolutamente natural. Desde que recuerdo, Bartholomeous Emerson-Lloyd ha estado siempre cerca; puedo salir libremente de mi "caparazón de timidez" y sentirme totalmente a gusto, dentro de mi zona de confort.

—Mírate, debes haber crecido 6 o 8 centímetros durante los últimos 12 meses, ¿qué altura tienes ahora?— Pregunta.

—1.52— digo.

—¿A los 14? ¡Erasmo vas a ser un palo para mata de frijoles!— Dice.

Miro a mi tío americano con ojos de admiración pero que denotan mi total ignorancia acerca de las palabras que está usando.

—Alto. Como vas creciendo pronto serás un joven bastante alto y larguirucho,— dice con ojos benignos llenos de su habitual afecto cálido hacia mí.

—Tenemos 90 minutos de sobra, comamos, tu esqueleto estirándose necesita muchos nutrientes,— dice.

Caminamos hacia una de las innumerables cafeterías dentro de la estación, cuando de lejos la veo y mi rostro se ilumina con una gran sonrisa.

—¡Sorpresa!— Mi tía italiana Maria Antonella D'Agostino se dirige hacia mí con pasos largos y efusivos.

—No esperaba verte aquí,— le digo mientras nos abrazamos y nos besamos en ambas mejillas.

Ella toma mi mano y no la suelta mientras nos sentamos a

su mesa.

—No me hubiera perdido tu nueva aventura por nada del mundo,— dice.

Sonrío y asiento en cámara lenta, dando la bienvenida a mis dos guardianes y compañeros de confianza.

—Erasmus, esta vez cuando hayas terminado tu tercer encuentro con el Orloj vendrás conmigo a Milán. Mi hermano, tu tío Roberto, me ha hecho prometer que te llevaré a pasar tiempo con tus primos, mi hijo y sus hijos. Así que te familiarizas con nuestro lado de la familia,— dice.

—Trato hecho,— digo.

A medida que nuestro tren Eurostar con destino a París gana velocidad rápidamente para entrar en el Euro canal, el cruce submarino a Francia, todavía estoy tambaleante por mi viaje anterior en tren. Mi expresión facial rápidamente me delata.

—Algo pasó en el viaje en tren desde Gales,— anuncio.

"Viaje en tren de Gales a Londres" (2032)
(Un par de horas antes)

El tren regional es eficiente pero espartano en términos de comodidad y especialmente la experiencia gastronómica. Pero sobre todo es absolutamente lento para los estándares europeos. Se mueve aparentemente a la velocidad de un caracol. Mi viaje transcurre como siempre, con excelentes vistas turísticas de la campiña galesa e inglesa. Estoy rodeado de viajeros tranquilos en camino a sus trabajos en Londres, muchos se quedarán la semana laboral y no volverán a casa hasta el fin de semana. Por lo tanto, hoy es otro día rutinario normal, así parece al principio, pero no podría estar más equivocado...

Inicialmente parece solo un trozo de tela de colores. Echo un vistazo a través de la ventana panorámica de cristal y pasa muy brevemente unos colores. Mis ojos están fijos en el exterior. No estoy muy seguro de lo que he visto y entonces lo veo de nuevo. De hecho, esta vez hay muchas telas de colores que luego se forman en un solo torbellino que se cuela a la velocidad del rayo a través de mi ventana del vagón del tren. No pasa nada por lo que parece una eternidad, aunque sea solo un instante. La tenue melodía me toma por sorpresa y me llama la atención. Es una melodía con la que estoy bastante familiarizado.

"El flautista está en algún lugar cercano y cuando está cerca suceden cosas buenas".

Recuerdo la aventura del año pasado en Venecia.

Camino por el vagón del tren pero no encuentro nada. En mi segunda pasada, detallando a los pasajeros, ¡me doy cuenta de ella! Es una anciana diminuta y pálida. De hecho, aunque suene extraño, su ropa es lo que me llama la atención. En particular los colores del arreglo floral en su sombrero, una combinación de colores inconfundiblemente hermosa y única que hace unos momentos voló por la ventana. Cuando fijo mi vista en ella, me doy cuenta de que me está mirando con ojos de madre benevolente. Luego, inesperadamente, con un pequeño gesto con la mano me saluda, invitándome a acercarme y luego acaricia suavemente el lugar junto a ella para que me siente. Como bajo un hechizo, siento el intenso tirón y el magnetismo que segundos después me hace caminar hacia ella.

—Vamos joven, siéntate,— dice.

Mientras lo hago, la pequeña anciana sonríe cálidamente acariciando suavemente la parte superior de mi mano. De alguna manera su gesto me hace sentir cómodo, incluso seguro. No sé quién es, ni siquiera lo que quiere, solo que supuestamente acaba de entrar volando por mi ventana.

17

—El arreglo floral de mi sombrero siempre me delata,— ella dice.

'¿Quién es ella?' Reflexiono yo solo. Eso creo.

'Pronto, lo descubrirás', dice para mi gran sorpresa, leyendo mi mente.

—Eres un...?— Pregunto.

—Soy muchas cosas, dependiendo del lugar y las circunstancias. Pero en particular con quién estoy. Para ti hoy, como lo fui para alguien muy cercano a ti en el pasado, seré una mentora,— dice con voz nítida y suave.

Sus palabras despiertan una ola de preguntas y curiosidad en mí. Sin embargo, por alguna razón, no digo nada y decido escuchar.

—Querido joven mago,— dice, revelando lo que ya siento.

'¡Una bruja!' Reflexiono emocionado.

Con una sonrisa traviesa se detiene dejándome volver a la tierra y luego continúa,

—Además de presentarme, el motivo por el cual te acompaño en tu viaje a Londres, es para brindarte asistencia en tu búsqueda,— dice.

Mis ojos soñadores sienten un efecto calmante en su tono de voz. Progresivamente se transforma de cálida mentora a susurro cariñoso de abuela. Su siguiente par de palabras no me sorprenden al principio.

—No hay reloj astrológico en París,— dice.

—Eso ya lo sé, pero debe existir en el otro París, el poblado de magos y brujas,— quizás adelantándome, respondo demasiado rápido.

—Para poder acceder al lugar donde reside el Orloj, el reloj astrológico que buscas debe existir en el mundo real, ese es el único lugar donde encontrarás la entrada al mundo paralelo de la ciudad de la luz,— dice quitando el viento a mis velas.

—¿Dónde voy a encontrar el Orloj en París entonces?—declaro.

—Por eso estoy aquí. Vamos, vamos a dar un paseo,— dice.

De repente, un torbellino de colores me saca del tren por la ventana hacia el aire libre. Abandono el tren por completo a la velocidad del rayo disparándome directamente hacia un cielo azul sin nubes.

La tierra aparece distante mientras la atravesamos a una velocidad vertiginosa. Pronto veo la costa inglesa; momentos después pasamos por encima del canal de la Mancha. En cuestión de segundos, la costa francesa está justo delante de nosotros.

Las palabras de la anciana resuenan en mi cabeza. La ausencia de un reloj astrológico en la capital francesa es un problema que me ha preocupado a mí y a mis compañeros magos jóvenes durante todo el año.

Cuando entramos en la costa de Europa continental, mi nuevo mentor sabe lo que pienso.

'Para que pueda llegar al lugar correcto en París donde comenzará tu aventura primero debes llegar al Orloj. Para conseguirlo tendrás que resolver un acertijo a través de seis relojes astrológicos diferentes ubicados en toda Francia', piensa para que escuche mientras volamos, 'quiero que entiendas hacia dónde nos dirigimos, lo más importante es que recuerdes los lugares que vamos a visitar, todos son esenciales para encontrar el camino que los llevará al Orloj', piensa ella, 'viniendo de Gales en dirección sureste, salimos de la costa inglesa a través de Southampton. Acabamos de entrar en Francia a través de la costa de Normandía, abajo está la ciudad francesa de Le Havre y un poco más adelante está la hermosa ciudad medieval de Enfleur'.

Hacemos una vuelta banco de 45 grados a la izquierda e

inmediatamente estamos volando sobre un río sinuoso y serpenteante, 'ese es el famoso río Sena que continúa hasta París', son las palabras que ella piensa mientras descendemos a vertiginosa velocidad en una ciudad de tamaño mediano justo al lado del río.

"Rouen, Normandía" (2032)

Estamos parados en medio de una vieja calle adoquinada. Puedo ver un magnífico reloj astrológico justo encima de nosotros en un arco que cruza la calle. La placa del letrero de la esquina de la calle dice:

"Rue Du Gros-Horloge" (calle del gran reloj).

—Joven mago, déjame presentarte el Gros-Horloge de Rouen. Es un reloj extraordinario tanto en artesanía como en complejidad. Construido en 1329 (siglo XIV), es el reloj astrológico más antiguo de Francia; a través de su fachada de época renacentista se puede notar fácilmente que fue construida en el siglo XVI, 1529 para ser precisos. Incluye un sol dorado con 24 rayos, un fondo azul salpicado de estrellas y un dial de 2,5 metros (7,5 pies) de dimensión; el óculo en la parte superior del dial muestra las fases de la luna en una rotación de 24 días. En la parte inferior del cuadrante se muestran los diferentes días de la semana, cada uno con un tema diferente,— explica. —Es usted quien debe averiguar qué papel juega este reloj en la búsqueda del Orloj,— agrega.

Antes de que tenga tiempo de reaccionar, ella ya está en movimiento, 'el tiempo continúa joven'.

Y así, estamos de vuelta en el aire, girando y girando en un torbellino de colores, volando a través del cielo a la velocidad de la luz.

"Tren Eurostar"
(en ruta de Londres a París)

Mi tía y mi tío me miran con ojos brillantes de desconcierto y curiosidad.

—¿A dónde más fuiste con ella?— pregunta mi tía Maria Antonella.

—Ese es el problema, no recuerdo nada más después de esa primera visita. Excepto que el altavoz me despertó con el anuncio de la llegada del tren regional galés a la estación Victoria de Londres donde los encontré a ustedes dos.

—Debes recordar algo,— dice mi tío Bartholomeous.

—Todo lo que sé es que dijo que me iba a llevar a seis relojes astrológicos en Francia que juegan un papel en la búsqueda del Orloj para comenzar mi próxima aventura, pero todavía no sé cuál de ellos desempeñan un papel o en qué orden jerárquico deben visitarse.

—¿Que hay de ella?— pregunta mi tía.

—¡Ni siquiera sé quién es ella!— Respondo aunque una sensación inquietante sigue creciendo dentro de mí sobre el tema.

"Gare Du Nord"
(norte de París, estación de tren)

Los seis chocamos los cinco y seguimos juntos, muy emocionados de vernos en persona después de un año. Mientras tanto, los padres de mis cinco compañeros aventureros están teniendo una mesa redonda en una de las cafeterías de la estación. Parece de lejos una conversación muy animada. Me siento mal por mi tía y mi tío que están siendo acribillados con preguntas por parte de los padres de mis compañeros.

—¿Qué haremos ahora?— Pregunta Reddish.

21

—Si todos ustedes están listos para partir, nos dirigiremos primero a la ciudad de Lyon,— respondo.

—¿Por qué Lyon de todos los lugares?— pregunta Breezie.

—Todos tenemos claro que no hay relojes astrológicos en París, ¿verdad?— pregunto.

—Confirmado, incluso mis padres me ayudaron a hacer una búsqueda más profunda en la web,— dice Firee.— Hay seis notables relojes esparcidos por Francia,— añade.

—Empezamos por el más cercano a París, el de Lyon,— digo.

Les relato a todos, el hecho mágico en el tren de Gales, incluso que no recuerdo dónde estaba excepto el asombroso viaje mágico al reloj astrológico de Rouen. Mis cinco compañeros magos me miran hipnotizados.

—¿Por qué no vamos a Rouen primero entonces?— pregunta Firee.

—El reloj astrológico de Rouen está en un arco sobre una calle, demasiado pequeño en mi opinión, pero tenemos que averiguar el papel que juega. Tenemos que ir a los otros cinco primero,— digo y todos me miran con desconcierto en silencio.

—¿Qué estamos buscando entonces?— Pregunta Breezie rompiendo el silencio.

—Realmente no lo sabemos en este momento,— dice Greenie.

—Tal vez un portal para el Orloj,— dice Checkered y todos asentimos con una media sonrisa y nuestros ojos muy abiertos brillan al darnos cuenta.

"Gare D'Lyon"
(estación de tren de París a Lyon)

Mi tía y mi tío se han ganado fácilmente los corazones de los padres de mis cinco compañeros magos y ahora son oficialmente nuestros acompañantes. Todos nos despedimos desde las enormes ventanas del tren bala francés (TGV). Los rostros de las cinco parejas expresan tanto entusiasmo como inquietud cuando sus preciosos querubines parten hacia una nueva aventura en Orloj.

(En ruta en tren de París a Lyon)

—Jóvenes magos, sus padres nos han confiado, a María Antonella y a mí, una gran responsabilidad. Como nos tomamos esto muy en serio les diremos lo que esperamos de ustedes...,— dice mi tío Bartholomeous mientras establece las reglas para nosotros en los próximos dos días.

Apenas prestamos atención a mis diligentes tíos. De repente, la ventana panorámica del tren nos deleita con los mismos destellos coloridos que experimenté antes en el tren de Gales a Londres. Unas telas con una combinación de colores única e inconfundible girando, que se retuercen y giran mientras se desplazan por el aire en todas direcciones; van y vienen en fracciones de segundo.

—Ella está ahí fuera,— digo mientras nuestros cariñosos acompañantes no parecen haber notado nada.

—La anciana maga está acompañándonos para el viaje. Ella nos está cuidando,— digo con asombro.

Pero por dentro tengo una inquietante sensación incipiente y molesta.

"Lyon"

Parecemos un grupo de estudiantes en un viaje de verano, mochilas al hombro, algunos con gorras de béisbol, la mayoría con zapatillas. Mi tía y mi tío parecen nuestros guías turísticos o tal vez nuestros profesores. Sin prisas ni presión de tiempo paseamos por las calles peatonales vacías del hermoso centro de la ciudad de Lyon. Perezosamente nos dirigimos hacia el legendario reloj astrológico de la ciudad. Los aromas del pueblo flotan en medio de la tranquilidad de un cielo despejado en domingo. Huela a pan recién horneado, bollería y café acabado de hacer. Se siente el fuerte aroma de los quesos franceses mezclados con el aroma de innumerables flores, incluso el brócoli se huele a distancia. Luego, en todas partes, están los artistas callejeros y los artistas intérpretes o ejecutantes; acróbatas, malabaristas, artesanos, pintores y especialmente vemos músicos: cantantes, violinistas y pianistas. El acordeonista capta nuestra atención. Es ciego y nos recuerda a personajes similares con los que nos encontramos en Praga y Venecia. Nos miramos con complicidad y Greenie inmediatamente deja salir su efusividad por la ventana.

—Votre mélodie est très belle, (tu melodía es muy hermosa),— dice en un francés impecable.

—Gracias, eres muy amable. Tu francés es excelente pero no sería cortés con tus cinco amigos si tú y yo solo habláramos en francés, ¿no es así?— Dice con perfecta dicción en inglés.

—Cómo...?— Greenie comienza a preguntar pero la interrumpe el músico callejero ciego.

—El sonido de tus pasos,— dice con una gran sonrisa que también es secundada por Greenie.

—Quizás puedas ayudarnos,— dice.

—Será un placer. Pero dime, ¿qué tipo de ayuda podrías estar buscando de un hombre discapacitado como yo?— Dice el músico de la calle ciega.

—Nuestros encuentros con personas con tu tipo de discapacidad siempre nos han dado grandes resultados,— interviene Breezie.

—Me gusta la asertividad de tu grupo. Está bien, entonces explícalo,— dice con una sonrisa traviesa.

—Ya sabes lo que te vamos a preguntar, ¿no es así?— Contrataca Breezie.

—Quizás sí, quizás no. ¿Realmente importa?— Responde.

—Necesitamos información sobre el reloj astronómico de Lyon,— dice Reddish sin poder contenerse.

—Predecible... Esa es una solicitud que he recibido muchas veces antes,— dice pensativo y contento.— Vamos a dar un paseo.

Con el acordeón al hombro nos abre camino hacia el laberinto de calles que tenemos delante y nos lleva a la catedral de Lyon. El reloj es enorme. Como si me leyera la mente el acordeonista ciego dice...

—El reloj es uno de los más antiguos de Europa. Tiene 27 pies (9 metros) de altura. Fue construido en algún momento del siglo XIV y fue destruido en el siglo XVI. Posteriormente, fue restaurado en el siglo XVII y finalmente en 1954. Desafortunadamente, ha estado inactivo desde el 2013. Entonces, a excepción de los mecanismos del reloj, nos vamos a enfocar en todo lo demás que tiene: el astrolabio muestra los datos y la posición del sol, la luna, la tierra y las estrellas en el cielo sobre Lyon. El sol se representa dando vueltas sobre la tierra. El octágono de la torre central del reloj alberga varias figuras autómatas. Todas se congelan al sonar la bocina. A excepción de un guardia suizo, todas las demás figuras en movimiento son de naturaleza religiosa. El reloj astronómico suena todos los días al mediodía, a las 2, a las 3 y a las 4 p.m. Desafortunadamente, como dije antes, el reloj no funciona en este momento.— Explica.

'¿Qué estamos haciendo frente a un reloj que no funciona? tiene que haber un motivo oculto', reflexiono tratando de mantenerme concentrado.

Contemplamos cada pequeño detalle del antiguo reloj que el ciego erudito acaba de describir y hablamos un poco más de su historia.

Me vuelvo y miro con cara de despistado a mi tío y a mi tía. Están sentados al otro lado de la calle en una cafetería pasando un buen rato. Ambos sonríen y me saludan animándome a continuar. Nuestro amable guía vuelve a tocar su acordeón dándonos todo el espacio del mundo para absorber e interpretar sus palabras. La inquietud persistente desde que conocí a la pequeña anciana en el tren me sigue molestando. A medida que pasa el tiempo la sensación sigue creciendo.

—Bien podría averiguarlo,— reflexiono.

—Señor, tal vez...,— empiezo a decir pero nuestro guía improvisado me interrumpe.

—Herve, llámame Herve,— dice.

—Señor Hervé, tal vez pueda ayudarnos a entrar en los mecanismos del reloj,— le digo.

—¿Por qué demonios intentarías algo así?— Pide.

—Para saber si hay algo dentro del reloj que pueda ayudarnos. Además, los seis ya hemos estado dentro de los relojes astrológicos de Praga y Venecia y sus cámaras internas son enormes,— digo.

—¿Tal intrusión te ayudará para qué?— Pregunta desconcertado.

—Un noble propósito que no pueden divulgar, ¿puedes ayudarlos?— Interrumpe con una amplia sonrisa a mi tío.

—No lo sé,— dice el ciego mientras camina lentamente y se rasca la cabeza.

—¿Quizás podrías llevarnos hasta el relojero?— Pregunta Firee.

—Puedo ver que su grupo está bien versado en relojes astrológicos. El maestro del reloj astrológico de Lyon, que supervisa y mantiene lo que queda de él, es un anciano gruñón y muy difícil. Ha estado en el trabajo durante décadas. Nunca habla con cualquiera. Déjame advertirte, siempre ha habido muchos rumores sobre él, ninguno de ellos bueno. Pero si insistes, sin duda te lo puedo presentar. Buena suerte con eso,— dice.

—¿Dónde podemos encontrarlo?— Checkered pregunta.

—Eso es realmente muy fácil,— responde señalando con el dedo a un hombre con un mono que sube hacia la esfera del reloj en un andamio motorizado suspendido por dos cables.

Lo vemos jugando con el reloj usando su caja de herramientas.

—Su nombre es Salvatore Cacciopo, nacido en Marsella, de ascendencia italiana, ha sido el guardián del reloj astrológico durante los últimos cuarenta años,— dice el músico callejero ciego mientras vemos a nuestro objetivo descender sobre el andamio eléctrico.

Es un hombre pequeño con una barriga abultada y una melena despeinada de cabello blanco.

El Sr. Herve se acerca al maestro del reloj con nosotros y antes de que pueda hablarle, cuando llega al nivel del suelo, el relojero enojado grita agresivamente:

—¿Qué quieres, viejo ciego?

—Tengo un grupo de jóvenes que quieren conocerte y hacerte algunas preguntas sobre el reloj,— dice el ciego con palabras mesuradas. El hombre desagradable echa un vistazo rápido y nos despide con un gesto de la mano.

—Déjame en paz, ¿me oyes?

Habiendo dicho eso se da la vuelta y se aleja.

Mis instintos se ponen en marcha, 'No podemos perderlo',

reflexiono. Pongo un poco de presión sobre mí mismo porque sé que funciona, sé exactamente qué hacer.

—¡Temperatore, espera un minuto! (guardián de reloj en italiano)— Le digo.

Se detiene sobre sus talones pero no gira.

—Señor, se supone que debemos encontrarnos mañana en París con una antigua pero exigente máquina llamada Orloj. ¡Aunque no sé exactamente dónde! Creemos que de alguna manera visitar el reloj que usted supervisa es importante, ya que puede ayudarnos a encontrar pistas sobre cómo localizarlo,— digo.

El Temperatore se da la vuelta y nos mira con ojos de fuego. Todos nos miramos sin saber qué esperar.

—Ya tuvieron éxito en Praga y Venecia,— dice mi tía tras nosotros.

—Sígueme,— dice abruptamente.

Todos caminamos en formación detrás de él dentro del edificio del reloj. Una puerta de madera maciza se encuentra al final del pasillo a nivel del suelo. El Temperatore saca un enorme anillo de hierro negro y selecciona una llave aún más grande para abrirla. El crujido de la puerta se arrastra a través de mi piel. Las estrechas escaleras de madera que subimos en la torre están mal iluminadas y una repentina estampida de palomas sobre nosotros nos inquieta aún más. Cuando por fin llegamos a los mecanismos de madera del reloj el sonido de la campana nos deja totalmente sordos.

—Tienes una hora,— dice y me doy cuenta por primera vez de que tanto el ciego como el Temperatore han estado hablando en perfecto inglés todo el tiempo, o es que todo lo que dicen lo entendemos en nuestro idioma.

Una vez instalado, rodeado por los incesantes mecanismos de tic-tac, me pregunto qué diablos estamos esperando encontrar aquí. Hay un área abierta exactamente detrás de la enorme esfera del reloj. Todos deambulamos sin rumbo fijo observando. Nuestro entorno es polvoriento y construido con madera más que todo. Hay luz natural que se filtra desde la parte superior de la torre e ilumina el dial desde el exterior. Mientras me muevo entre los estantes llenos de herramientas, sin darme cuenta pateo algo en el suelo, lo miro, pero se ha movido más debajo del estante inferior. Me arrodillo y extiendo la mano hasta que cojo el objeto. ¡Es un libro pequeño! Lo saco, lo desempolvo y se lo muestro a todo el mundo.

"L'magique en l'vie" es el título. Es hermoso. Su color azul lapislázuli y dorado salta hacia nosotros. De repente, inundado de inolvidables recuerdos comienza a formarse un nudo en mi garganta. Poco a poco, todo empieza a tener sentido para mí, ya sé que la sensación de inquietud es por una buena razón después de todo. Ahí es cuando decido hacer una video llamada con mi padre aunque todos a mi alrededor tiene caras de desconcierto. Segundos después tengo a mis amados padres en la pantalla virtual de mi tableta plegable. El profesor universitario jubilado Erasmus Cromwell-Smith Sr. y junto a él, el amor de su vida, mi madre Victoria Emerson-Lloyd también profesora universitaria jubilada.

—Junior, hijo, ¿cómo estás?— Pregunta mi papá.

—Papá, estoy desconcertado,— le respondo.

Todos podemos ver cómo la eterna distracción de mi padre finalmente se asienta y se da cuenta de que la multitud a mi alrededor lo mira fijamente.

—Todo el grupo llamando, debe ser importante, supongo,— dice.

—Papá, desde que era niño hablaste interminablemente sobre una de tus mentoras, una señora anticuaria de tu ciudad

29

natal de Gales. Era especialista en libros antiguos para jóvenes. Me dijiste que ella fue tu mayor apoyo hasta en tus períodos en Oxford y posteriormente en Harvard,— le digo.

—Así es. Victoria Sutton-Leigh, ese era su nombre,— responde.

—La llamabas Sra. V. ¿verdad?— Pregunto.

—Sí, para no confundirla con tu mamá,— dice.

—¿Tienes fotos de ella por ahí?— Pregunto.

—Sí ¿por qué?— dice intrigado.

—Papá, ve a buscarlas, por favor.— Insisto.

Está de vuelta bastante rápido y busca a tientas a través de un grueso álbum de fotos. Lo hojea hasta que nos muestra la página que apunta a una imagen pequeña.

—Nunca le gustaron mucho las fotografías. Esta es la única que tengo de ella,— dice mirando la pequeña imagen.

Su gesto de incredulidad es igual al nuestro. La imagen está en blanco, no hay nadie en la foto.

—Quizás se haya desvanecido con el tiempo,— dice sin estar totalmente convencido.

—Y los alrededores están perfectos. No suena bien papá. ¿Puedes describirla por favor?— Pregunto mientras aumenta el suspenso para todos los que escuchan.

—Todo en ella era diminuto. Su estatura, manos, pies. Tenía cabello rubio, muy pálido, rasgos finos y ojos azules siempre escondidos detrás de anteojos de lectura con montura. Voz suave. ¿Por qué preguntas?— Dice.

—¿Llevaba un sombrero con un arreglo colorido único?— Pregunto.

—Sí. ¿Cómo sabes eso? No recuerdo haberlo dicho a nadie,— dice.

—La conocí hoy, papá, una dulce abuela que se autoproclamó a sí misma como mi mentora en el acto,— le digo.

—Hijo, ella murió hace muchos años,— dice mi papá con la voz temblorosa.

—Entró volando por la ventana del vagón de tren. Vino a ayudar en la búsqueda de este año... Como saben, París no tiene un reloj astrológico así que vamos a visitar los principales relojes astrológicos de Francia, en busca de pistas que nos lleven al portal del Orloj. Bueno, ella me llevó en avión a un reloj astrológico en Rouen, una pequeña ciudad en Normandía. Supuestamente me llevó a otros cinco relojes astrológicos también pero no tengo recuerdos de esa parte del viaje,— digo.

Mi padre me mira fijamente y no dice una palabra durante mucho tiempo.

—Hijo, puedo ver lo convencido que estás de esto, pero la Sra. V. no era una bruja.

—¿Cómo lo sabes papá?— Pregunto.

—Ella nunca practicó ni me sermoneó sobre nada de eso,— dice.

—Papá, ¿alguna vez has creído en la magia?— Pregunto.

—En realidad no. Después de que se abrió una tienda de magia en la ciudad y aprendí todos los trucos de los ilusionistas, dije que ya no creía en la magia,— se lamenta.

—Bueno, tal vez lo intentó, pero tú nunca le diste una oportunidad así que te asesoró sin magia,— le digo.

Los ojos de mi padre ponen grandes mientras comprende.

—¿Cómo supiste que era ella?— Pregunta.

—No lo hice, pero tuve un presentimiento, especialmente una vez que ella dijo haber sido mentora de alguien cercano a mí.

Mi padre escucha fascinado.

—Papá, hay un precioso libro antiguo en casa que tú y

mamá me leen desde que era niño,— le digo.

—Por supuesto, es "La magia de la vida",— dice y finalmente se detiene en seco.

—Hijo, ¿es una...?— Pregunta.

—Sí, papá, es una bruja,— le respondo.

—Papá, ¿puedes ir a buscar el libro por favor?— Le pido.

Momentos después regresa con el libro azul y dorado y lo sostiene con orgullo.

—¿Puedes abrirlo por favor?

Lo hace y su boca y la de mamá se abren por la sorpresa. Todos podemos ver que las páginas están vacías.

—Papá, mamá, acabamos de encontrar la versión francesa del mismo libro aquí en la cámara del mecanismo del reloj del Orloj de Lyon,— digo mostrándoles el libro a ambos.

Mis cinco jóvenes compañeros magos están en trance con sus mentes llenas de maquinaciones y posibilidades. Mi tía Maria Antonella está simplemente feliz disfrutando del momento y de mi propia felicidad, pero la expresión facial de mi tío Bartholomeous es inolvidable. Su mano cubriendo su boca, sus ojos llenos de sorpresa y los recuerdos de ese librito que mi mamá le recitaba desde que era un niño.

Ahora es el turno de mi papá.

—Hijo, ¿puedes abrir el libro?

Lo hago y las hermosas páginas pintadas a mano saltan inmediatamente. Los rostros de mis padres reflejan el impacto en sus vidas.

Los seis, a su vez, estamos encantados de tener lo que parece ser una pista valiosa en nuestra búsqueda del portal al Orloj.

—Hm, Hm, Hm. Tu hora ha terminado,— dice el Temperatore, rompiendo el momento hechizado.

Sin embargo, encontramos una mirada mucho más

amigable aunque impaciente.

—Temperatore, ¿podemos llevarnos este libro?— Pregunto-

Él mira el libro y luego nos mira a cada uno de nosotros por lo que parece una eternidad. No me hago expectativas y espero que me grite, pero me espera una sorpresa.

—Ese libro no pertenece a este lugar, no sé cómo llegó aquí,— dice de repente, —En lo que a mí respecta, puedes hacer con él lo que quieras,— dice con un tono críptico como si supiera mucho más de lo que nos está diciendo.

(En ruta en tren de Lyon a Besançon)

El libro está abierto delante de nosotros seis que lo hojeamos sin cesar en busca de pistas. Leemos en voz alta y volvemos a nuestra práctica bien aprendida (de manera difícil).

—No podemos entenderlo todavía, dejémoslo a un lado por el momento,— digo.

Tan pronto como digo esto la portada del libro comienza a brillar intensamente.

—Desliza la portada querido,— escuchamos en el fondo una dulce voz.

Nos damos la vuelta buscando a la Sra. V. pero ella no está presente. Luego veo el remolino de telas de colores aleteando fuera de nuestra ventana. Se lo señalo a todos mis compañeros.

—Ahí está ella.

Volvemos nuestra atención al libro brillante y coloco la palma de mi mano derecha en la parte superior de la portada. ¡Deslizo suavemente hacia la izquierda como si pasara una página y la portada del libro cambia!

La deslizo de nuevo y aparece una nueva portada. Una vez que se han mostrado seis portadas, en mi séptimo intento, la portada del libro ya no cambia. La deslizo hacia la derecha yendo hacia atrás y todas las portadas anteriores aparecen a la vista.

—Seis libros, uno para cada uno de nosotros,— dice Checkered.

Un gran signo de interrogación se dibuja en mi cara. Giro lentamente hacia la ventana panorámica del tren bala.

—¡Ella se ha ido!— Reddish dice.

Todos miramos la ventana incrédulos.

—¿Cómo dividimos los libros?— Pregunta Greenie.

—Tengo una idea Blunt, cuando las deslizas, antes de desaparecer, cada portada se va ligeramente hacia un lado,— dice Breezie cuando lo interrumpo.

—¡Tratando de saltar del libro!— Termino su frase.

Luego, deslizo la portada un poco más hacia la derecha y un libro brillante translúcido salta hacia un lado y cae en cámara lenta, pero cuando toca la superficie de la mesa de la cabina del tren, ¡desaparece con una pequeña bocanada brillante! Lo intento de nuevo y sucede lo mismo. Nuestro genio informático, Firee, se ilumina de repente y sin decir una palabra despliega su tableta, la enciende y la coloca junto al libro mágico.

—Inténtalo de nuevo, Blunt,— me pide.

Lo hago y, para nuestro asombro, esta vez el libro brillante es absorbido dentro de la tableta.

—Una vez más,— presiona Firee.

¡Pero esta vez, el siguiente libro al entrar en contacto con la pantalla de la tableta se desvanece con una bocanada minúscula!

Firee hace una pausa y mira alternativamente a cada uno de nosotros con ojos intensos mientras calcula cuál es la elección correcta.

—Reddish, dame tu tableta por favor,— pide.

Luego coloca su tableta junto al libro brillante.

—Adelante, Blunt, inténtalo de nuevo,— pide.

La deslizo de nuevo y esta vez funciona. Al final, cada uno de nosotros recibe uno de los seis libros, y en el momento en que el último se sumerge en mi tableta, es cuando vuelve la familiar voz de abuela de la Sra. V.

—Muy bien, jóvenes magos, ahora todos adelante, lean y estudien. Asegúrense de que cada uno de ustedes revise todos los libros, intercámbienlos. Buena suerte, estaré cerca,— dice con un pequeño guiño.

A continuación, en un abrir y cerrar de ojos, las ropas harapientas de colores girando fuera de la ventana se desvanecen una vez más.

Nos quedamos inmersos en nuestros libros mientras mi tía duerme profundamente y mi tío Bart está totalmente concentrado en el libro histórico que está leyendo. Todos nos desplazamos a 200 mph en el TGV hacia la ciudad francesa de Besançon.

"Besançon"

Los seis contemplamos la torre del reloj astronómico de la Catedral de Besançon. Tiene cuatro diales, uno a cada lado de la torre, lo que hace que la hora que marca sea visible desde todos los ángulos de la ciudad. Cada uno de nosotros está luchando por concentrarse, ya que todavía nos estamos recuperando de las conferencias que brindaron los seis libros.

El sonido lejano de la flauta nos toma por sorpresa. Ahí está, el alegre flautista moviéndose por los tejados con pequeños saltos.

—¡Cuando aparece, suceden cosas buenas...!— Recuerdo.

—Jóvenes, ustedes parecen muy interesados en el reloj de Besançon, ¿no es así?— Dice un hombre de aspecto excéntrico sentado en una mesa cercana.

Lo miramos con evidente interés.

—Mucho interés en verdad,— responde Reddish imitando el acento real británico del extraño.

Veo su vestimenta: seis botones dorados, un blazer azul cruzado, en lugar de corbata un pañuelo al cuello, mocasines sin calcetines y un bigote que da vueltas.

Una vez más se me pone la piel de gallina. Cuando nos acercamos llamo a mi padre y parcialmente cubierto por las espaldas de mis compañeros apunto la cámara al rostro del hombre.

—Por dónde empezar... Este es un reloj astronómico muy peculiar,— girando su bigote dice el británico mientras con la otra mano en la barbilla nos observa atentamente. —El reloj se construyó a mediados del siglo XIX, pero fue reemplazado una década más tarde, ya que el original resultó defectuoso, constantemente fallaba. El reloj mide casi 6 metros (18 pies) de alto y 7,5 metros (23 pies) de ancho, contiene más de 30.000 partes y 11 movimientos. En todos los sentidos es una maravilla mecánica: sus setenta diales proporcionan 122 medidas. Entre ellas se encuentran el tiempo de ocho ciudades importantes del mundo. En el calendario se muestra: mes, fecha y día. Otra esfera representa el Zodíaco, otras la duración del día y la noche, los amanecer y atardecer exactos, eclipses solares y lunares, así como los años bisiestos. Un planetario representa las posiciones y órbitas de los planetas. Como el reloj fue encargado por la Iglesia Católica al entonces arzobispo de Besançon, el cardenal Mathieu, muestra las fechas clave del calendario litúrgico católico romano; veintiún figuras automatizadas hacen sonar el cuarto de hora y la hora o llevan a cabo la resurrección de Cristo al mediodía y su internación a las 3:00 PM. En la parte superior del reloj se puede ver una pirámide de figuras que consta de los 12 apóstoles. Diferentes parejas de Apóstoles salen a golpear cada hora. Arriba, el Arcángel Gabriel y Miguel golpean los cuartos de hora moviéndose junto con un grupo de 3 figuras debajo: el cáliz de la caridad flanqueado por las virtudes de la fe y la esperanza. En lo más alto de la pirámide, al mediodía, Cristo se levanta de su tumba acompañado por la imagen espiritual de su madre María. A las 3:00 pm vuelve a la tumba y María se agacha,— dice el extraño al concluir su disertación.

—Papá, ¿estás ahí?— Susurro mientras me agacho tratando de pasar desapercibido.

—Junior, sí, estamos aquí.

—¿Lo reconociste?

—¿A quién?

—El hombre de la mesa que describe el reloj de Besançon.

—Hijo, pensamos que nos habías marcado por error, todo lo que escuchamos mientras esperábamos que te dieras cuenta de que tu teléfono estaba comunicando fue las risas de tus amigos y las tuyas,— dice mi padre.

Perdido en mis pensamientos no lo noto al principio, pero cuando lo hago me avergüenzo totalmente.

—Papá, mamá, los llamaré después,— todos mis compañeros y el generoso orador me atrapan -in fraganti- teléfono en mano.

—No pueden verme ni oírme, joven mago,— dice el aristócrata británico leyendo mi mente.

Estoy en total conmoción pero al mismo tiempo sé quién es.

—De hecho, Erasmus, yo también fui el mentor de tu padre durante muchos años,— dice leyendo mi mente.

—Usted es el Sr. M.,— le digo.

—Justin Morris-Rose III, a tu servicio, hijo.

—También llamado El Equilibrista,— respondo.

—De hecho, ese es el otro apodo que me dio tu padre. Bueno, estoy aquí para guiarte y guiarte hacia el Orloj,— responde.

—Continúe entonces, señor, el escenario es suyo,— ofrece nervioso Checkered, como el resto de nosotros.

—Hay muchos conflictos y disputas dentro del reloj de Besançon. Ninguno de ellos existe en el mundo mundano sino en el mundo de las artes ocultas y oscuras. El más conmovedor de todos surge del constructor del reloj original, Monsier Bernadine. Él construyó el reloj entre los años 1858 y 1863. Su espíritu sigue indignado contra Monsier Verite, el creador del reloj de reemplazo entre los años 1858 y 1863. A su vez, el espíritu de Monsier Verite se opone para siempre a Monsier Goudey por haber renovado completamente el reloj nuevamente en 1900. En el alma enojada de Verite, el simple hecho de tocar el reloj creó el insulto. El espíritu del Temperatore (el relojero) Monsier Brandibas tiene la clave para resolver todos estos conflictos. Se dice que dominó, en vida, las tres virtudes exhibidas en este reloj, a saber, fe, esperanza y caridad. Aplicando las tres pudo mantener a raya los conflictos de Monsier Bernardin, Monsier Verite y Monsier Goudey hasta su fallecimiento en 1966. Desde entonces ha sido una guerra sin fin entre esos tres,— dice.

—¿Qué pasa con el espíritu de Temperatore?— Pregunta el eternamente curioso Greenie.

—El espíritu de Monsier Brandibas no se encuentra por ninguna parte,— dice Mr. M, alias El Equilibrista.

—¿Cómo se relaciona todo esto con nuestra búsqueda del portal del Orloj?— Pregunta un Checkered con total naturalidad.

—Eso es para que lo averigüe, ahora si me disculpa señorita,— dice Morris mientras se desvanece suavemente.

Todos nos quedamos con innumerables preguntas sin respuesta, sabiendo bien que a su debido tiempo todo tendrá sentido. Nos encogemos de hombros. Entonces nos damos cuenta de que mi tía y mi tío están parados directamente frente a nosotros.

—¿Suponemos que estaba hablando con alguien?— Pregunta mi tío Bart.

—Sí, ¿no lo viste?— Respondo.

—No, en realidad los vimos a ustedes seis parados frente a una mesa vacía, todos parecían estar pendientes de alguien, ¡luego vimos que algunos de ustedes hablaban con la misma mesa vacía!— Dice mi tía.

Nos reímos y nos reímos compartiendo todo con nuestros protectores. Luego caminamos despreocupados de regreso a la estación de tren para dirigirnos a Estrasburgo en Alsacia, una hermosa región al norte de aquí, ubicada a lo largo de la frontera francesa con Alemania.

(En ruta en tren de Besançon a Estrasburgo)
—Papá, acabamos de conocer al Sr. Morris, también conocido como Sr. M., tu antiguo mentor,— le digo.

—Supongo que decirles que ha estado muerto durante décadas no tiene sentido,— dice mi padre.

Con mis compañeros reunidos a mi alrededor, sonrío y asiento con la cabeza.

—¿Es también un mago?— pregunta con un tono de voz dubitativo.

—Absolutamente lo es, papá,— le respondo con un tono de voz lleno de entusiasmo.

—Todo esto es impactante para mí, hijo, nunca imaginé...,— dice hasta que lo interrumpo.

—Nunca creíste en magos ni en magia, pero parece que todos volvemos a leer libros y a descifrar las pistas que contienen, ahora tenemos un nuevo misterio que resolver con el reloj astrológico de Besançon.

Todo sucede en un instante, esta vez el remolino de coloridas ropas andrajosas pasa por nuestra ventana panorámica solo un par de veces. En esta ocasión la vemos cuando salta por la ventana a nuestro cabina. Ahí está ella, de pie frente a nuestra mesa.

—Bien, bien. ¡Hola jóvenes magos! Tuve algunas dificultades para encontrar el tren, pero aquí estoy, ¿cómo están todos en este maravilloso día?— Dice la Sra. V.

Como ya la conozco sonrío mientras las bocas de mis compañeros se abren en cámara lenta. Miro a mi tía y a mi tío durmiendo la siesta.

—No tienen ni idea,— reflexiono.

—Encantada de conocerlos a todos, antes tuve el placer de conocer al querido Erasmus Jr., también conocido como Blunt,— dice la pequeña dama, —¿Supongo que todos habéis tenido la oportunidad de leer los libros?,— Pregunta.

—Todos hemos comenzado a revisarlos, pero solo hemos obtenido una descripción general debido a las paradas frecuentes,— respondo.

—¡Muy bien! Es reconfortante saber que todos se han dado cuenta que no tienen suficiente tiempo para leer todos ellos, sin embargo, le recomiendo encarecidamente que al menos obtenga la esencia de su contenido. Será de suma importancia para ti en tu búsqueda. Ahora, permítame limitar su búsqueda y darle un par de los temas contenidos en los libros. Deben poner especial énfasis y enfocarse en la Fe, la Esperanza y la Gratitud,— agrega.

—Ahora, déjame hacerte algunas preguntas,— continúa.— Reddish, ¿con quién os habéis encontrado varias veces en vuestras misiones?— Pregunta la Sra. V.

—Con los anticuarios de libros,— responde.

—Correcto. ¿Quién más Greenie?— La Sra. V. presiona.

—El boceto de un hombre llamado Thumbpee y el molesto insecto volador Buggie,— responde.

—Más preciso, ¿qué falta? ¿Checkered?— continúa la anciana diminuta.

—Obviamente el Orloj,— responde ella.

—Aún no está completo. ¿Nos ayudarías, Breezie?— Sra. V. pregunta.

—El flautista,— responde.

—Excelente. ¿Te gustaría contribuir Firee? Todavía estamos cortos,— prosigue el viejo mago anticuario.

—¡El enano espantoso!

—Blunt, ¿algo más que añadir?— Pregunta la Sra. V. volviéndose hacia mí.

Lo pienso un poco pero es una pose. Una sonrisa se forma en mi rostro. Ya sé.

—Ciegos. Tres veces para ser precisos. Una anciana en Praga como avatar del anticuario de libros Morpheous Rubicom, un anciano que me sirvió de guía en la Plaza de San Marco en Venecia y terminó siendo un avatar del anticuario de libros Zbynek Kraus y el último un acordeonista gruñón que nos ayudó a acceder a la torre y los mecanismos del reloj astrológico de Lyon,— respondo con un torrente de palabras.

—Preciosos jóvenes magos, todos ustedes se han convertido de verdad en magos,— dice la Sra. V. reflexionando en voz alta.

—Señora V, ¿cuál es el significado de su pregunta?— pregunta Reddish exuberante.

—Querido, eso es para que cada uno de ustedes lo averigüe. Luego, mientras aún sonríe con ojos de abuela, se desvanece lentamente frente a nuestros ojos con su colorido remolino de ropa andrajosa y sale por la misma ventana del tren por la que entró.

Seguimos titubeando por nuestra conversación con la Sra. V. cuando los ojos inquisitivos de mi tía Maria Antonella y de mi tío Bartholomeous nos devuelven a la realidad.

—Primero hablan con una mesa vacía en las calles de Besançon y ahora repiten la misma hazaña con el mostrador de la cabina de un tren vacío,— dice el tío y nos despierta con una sonrisa burlona, incitándonos en un tono juguetón.

Luego procedemos a describir todo, pero antes de que tengamos tiempo de analizar los acertijos que tenemos delante el tren frena y la llegada a Estrasburgo se anuncia por el altavoz.

"Estrasburgo"

—Esta es una ciudad de cuento de hadas,— dice Reddish mientras caminamos por las impecables calles de la regia ciudad.

Cada edificio parece un lugar pequeño y la arquitectura refleja varias épocas. Se siente atemporal. La abundancia de flores en los balcones de los edificios, en su mayoría de poca altura, es una postal perfecta, cálida y acogedora.

Caminando por el centro histórico de la ciudad llamado Grand Ile (Grand Island) vemos uno de sus hitos clave: la magnífica catedral de Notre-Dame de Estrasburgo con su antigua máquina del tiempo.

Cuando escuchamos las palabras reloj astronómico, nos unimos a un grupo de turistas japoneses solo con el propósito de escuchar la descripción que su guía está a punto de dar.

—El reloj astronómico de Estrasburgo fue construido a mediados del siglo XIX por Monsier Schwilgue. Su primera versión probablemente tenía un tamaño gigantesco, 18 metros de alto por 7,7 metros de ancho, a juzgar por las dimensiones del espacio que ocupaba. Sus mecanismos eran los más modernos cuando fue construido Las manecillas de oro del reloj miden el tiempo medio solar; las agujas plateadas indican la hora de Europa Central. Durante el invierno, el temporizador solar está aproximadamente 30 1/2 minutos por detrás de la hora central europea. Entre sus diferentes diales y pantallas se encuentran el ornery (dial planetario) que muestra la posición real del sol y la luna, así como los eclipses solares y lunares. Construido en el reloj está el computus, que probablemente sea el primer calendario mecánico perpetuo (gregoriano) jamás construido. Sin embargo, lo más destacado del reloj es la procesión de las figuras de Cristo y los 12 Apóstoles. Esto ocurre todos los días al mediodía solar cuando un gallo canta tres veces.

Nuestra concentración se rompe cuando un hombre muy rudo empuja a un par de nosotros hacia un lado y camina justo en medio de nosotros.

—Sal de mi camino, las calles de la ciudad no son solo tuyas,— dice.

Camina ayudado por un bastón con un pronunciado balanceo de las caderas. Cuanto más me concentro en sus movimientos un pensamiento cruza mi mente insistente.

—¿Sr. Newton-Payne?— Grito adivinando y no estoy seguro.

El hombre enojado se detiene, se da la vuelta y nos mira con ojos severos.

—¡Seguidme, jóvenes magos!— Dice marchando hacia delante sin parar ni girar.

—Es el tercer miembro del trío de mentores de mi padre cuando vivía en Gales,— explico, —mi padre lo llamaba Sr. N. Es un héroe de guerra de la Segunda Guerra Mundial.

El Sr. N. entra en un hermoso establecimiento y lo

42

seguimos. El letrero en la entrada dice:

"Museo de Artes Decorativas de Estrasburgo"

—Jóvenes magos, sí, soy el Sr. N. y fui el mentor del padre de Erasmus Jr. durante muchos años. Mi misión hoy es ayudarlo a comprender mejor este reloj de la ciudad. Así que comencemos, ¿de acuerdo?— Dice y todos asentimos tímidamente. —El reloj astronómico de Estrasburgo ha sido reconstruido tres veces. Para apreciar la verdadera dimensión de este reloj y encontrar las pistas que puede contener es necesario que conozcas sus dos versiones anteriores,— explica mientras nos acercamos a un gallo dorado,— Echemos un vistazo a los elementos clave de estas dos versiones. En la primera versión del reloj este gallo dorado es quizás el autómata conservado más antiguo del mundo. Elaborado a mediados del siglo XIV, estaba hecho de cobre, hierro y madera; al mediodía batía sus alas y extendía sus plumas. El pájaro simbolizaba la pasión de Cristo,— continúa el viejo mentor de mi padre.— La segunda versión del reloj astronómico de Estrasburgo fue un reloj extraordinario, no solo por su sofisticación como instrumento de medición astronómica sino también por la belleza y riqueza de sus ornamentos y decoraciones. Aquí pueden ver la esfera del calendario, el astrolabio, así como los indicadores de eclipses y planetas. Contenía estatuas que se movían, figuras automatizadas y un carillón de seis melodías. Aquí tienen un globo celeste que estaba conectado al movimiento del reloj. Entre las muchas pinturas en sus paneles había una que representaba las tres diosas entre otros temas sagrados. La segunda versión también contenía el gallo dorado en la parte superior de la cúpula del reloj.

—Jóvenes magos, mi misión ha terminado, ahora depende de ustedes averiguar cómo puede ayudarles este magnífico reloj,— concluye e inmediatamente se desvanece en una nube de pequeñas estrellas y relámpagos.

Esta vez nuestros cariñosos acompañantes no se molestan en preguntar ya que caminando junto a ellos ya se dieron cuenta de que estábamos hablando con alguien. Esta vez, para evitar explicarlo dos veces, llamo a mis padres y pronto tenemos a los cuatro adultos como audiencia. Entre todos, explicamos en detalle todo lo que acaba de suceder.

—El Sr. Newton-Payne fue siempre muy formal y distante, pero un mentor confiable y un gran hombre. Junior, si tan sólo supiera el mundo que existía detrás mis tres tutores anticuarios de libros,— dice mi padre.

—Sólo necesitabas creer en la magia papá,— digo tranquilo.

(En ruta en tren de Estrasburgo a Beauvais)

—Chicos, tenemos que usar la misma técnica que la Sra. V. usó con nosotros,— dice Reddish.

—¿Cual es?— pregunta Greenie con desconcierto.

—¿Cuáles son los vínculos comunes entre todos los relojes?— Pregunta Rojizo.

—¿No es demasiado pronto para hacer este ejercicio?— Pregunta Breezie.

—¿Por qué?— pregunta Greenie sonando totalmente despistado.

—¿No deberíamos esperar hasta que visitemos el último reloj?— Continúa Breezie.

—No realmente. Creo que tengo una idea sobre la solución a lo que estamos buscando,— dice Firee. —Utilizando la técnica de la Sra. V. resaltemos nuestros hallazgos.

—¿Greenie?

—Las personas con las que nos hemos encontrado varias veces, como el ciego.

—¿Reddish?

—Tenemos que leer sobre los tres destinos representados en el reloj de Estrasburgo.

—¿ Checkered?

—¿Por qué el reloj astronómico de Lyon no funciona y cuál es la conexión entre los seis libros que encontramos, incluido 'La magia en la vida', con el portal hacia el Orloj?"

—¿Blunt?

—Podría añadir que tenemos que encontrar el espíritu del

difunto Temperatore del reloj de Besançon, el señor Brandibas, ya que tiene la clave para resolver el conflicto entre los relojeros de las diferentes versiones del reloj. Pero hacerlo sería una pérdida de tiempo, ¿no es así, Firee? —le digo sonriéndole.

Nos miramos en complicidad. Ambos lo sabemos.

—Blunt tiene razón. Todos nuestros hallazgos son esenciales para cuando comience nuestra búsqueda. Nos hemos visto impulsados a encontrar y comprender estos seis relojes en detalle por razones que entrarán en juego más adelante. Ciertamente serán parte de la hoja de ruta, pero solo después de que conozcamos a Orloj. Blunt, termínalo, por favor,— agrega.

—Chicos, hemos tenido la llave del portal desde el principio. Incluso cuando la Sra. V. trató de orientarnos. Mi respuesta final a su gran pregunta fue que nos habíamos encontrado con hombres ciegos tres veces, luego me di cuenta de que además de los tres mentores de mi papá: la Sra. V., el Sr. M. y el Sr. N., la única persona además de ellos que leyó nuestros pensamientos fue el ciego, nada menos que el Sr. Kraus. El ciego es el Sr. Kraus. No busquemos un portal sino a él. Tenemos que encontrarlo. Como siempre ha hecho nos conducirá al portal del Orloj.

"Beauvais"

Enérgicos, los seis caminamos por las calles de Beauvais con nuestros dos cariñosos acompañantes. La catedral se cierne sobre la ciudad, pero en el momento en que vemos el reloj astronómico gigante nos damos cuenta de cuál es la verdadera maravilla de la ciudad. Con total asombro nos acercamos al magnífico reloj.

—¿Qué tipo de turistas son? Seis jóvenes con sus ... déjame adivinar… ¿profesores?— Dice un hombre bajo y encorvado con gafas de montura.

—Estamos visitando y estudiando relojes astrológicos en Francia,— dice Checkered.

—Ah... interesante,— dice pensativo. —Cualquiera que

45

aprecie la antigua máquina exacta de nuestra ciudad merece mi respeto total. Díganme jóvenes, ¿qué quieren saber al respecto?— Dice ahora con una sonrisa benevolente en su rostro curtido.

—Todo, por favor, díganos todo lo que sabe al respecto,— pregunta Greenie.

—Entonces será un placer. Construido por Monsier Verite a mediados del siglo XIX, después de que él construyera una versión más pequeña en Besançon. Es una máquina de 11 metros de alto por 6 metros de ancho. Tiene 52 diales indicando, entre otras cosas, la salida y puesta del sol y la luna, la posición de los planetas, la hora en 18 ciudades del mundo, la hora de las mareas y el número de oro utilizado para calcular la fecha de Pascua. La gran esfera central muestra a Jesús Cristo y los 12 apóstoles,— explica el anciano.

—Merci beaucoup, Monsier,— dice Greenie en su francés perfectamente modulado.

El hombre encorvado nos deja con pasos cautelosos inclinando su boina negra. El bastón que usa inmediatamente me llama la atención.

—¡Está ciego!— Digo y corremos tras él.

—Sr. Kraus,— grito, pero ya se ha desvanecido entre la multitud.

—Ahora él sabe que nosotros sabemos,— digo satisfecho.

—Blunt, no estará disponible hasta que hayamos estudiado y aprendido sobre los seis relojes,— observa Checkered.

(En tren de Beauvais a Ploermel)
Esta vez todos nos quedamos profundamente dormidos y solo nos despertamos con el anuncio de la llegada a Ploermel.

"Ploermel"
Poco tiempo después, los ocho nos paramos frente a un quiosco en el patio interno de un edificio enclaustrado. Un hombre fornido con peculiar ropa religiosa que parece un gran albornoz se nos acerca con rostro amable y gentil.

—¿Cómo puedo ayudarlos?— Pregunta.

—Quizás podrías hacerlo, ¿eres una especie de guía turístico?— pregunta Reddish con franqueza.

—Más o menos, a veces pero día a día soy un hermano, parte de la casa de los hermanos de Ploermel, una organización católica,— explica.

Sus palabras y su comportamiento nos hacen sentir a todos cómodos.

—¿Qué puede decirnos sobre el reloj astronómico de Ploermel que está frente a nosotros?— presiona Reddish.

—Con mucho gusto. Construido a mediados del siglo XIX por el hermano Bernardin Morin, inicialmente se montó dentro del edificio monástico de nuestra congregación. Tiene diez diales que muestran: hora solar, calendario, posiciones de la luna, meses y estaciones del año, los signos del zodíaco, la ecuación del tiempo (diferencia entre el tiempo medio y el tiempo real) y el tiempo estándar para todo el mundo, la posición de la luna, la tierra y el sol. La vista de los cielos sobre Ploermel , la posición del sol en la elíptica y los siglos. La pequeña mano negra que pueden ver gira cada 1000 años. El ornery muestra el Sol, Mercurio, Venus, Tierra, Marte, Júpiter, Saturno y Urano, junto con la luna, los cuatro satélites de Júpiter y los seis satélites de Saturno. Como se construyó en torno al descubrimiento de Neptuno y antes de que se descubriera Plutón no se muestra ninguno de estos planetas,— explica.

—Muchas gracias, señor,— le digo con impaciencia.

El hermano sonríe, inclina la cabeza y se aleja con un aura de paz y tranquilidad. Instintivamente me vuelvo hacia mi tía y mi tío que lucen sus habituales caras desorientadas. Entonces me doy cuenta.

—En Estrasburgo podían escuchar al guía turístico japonés, pero no esto...— Reflexiono, pero me interrumpo porque no quiero perderlo esta vez.

Llamo al hermano.

—Sr. ¿Kraus?

El hermano para un momento y luego se da la vuelta

transformándose en el viejo anticuario de confianza.

—Felicitaciones, jóvenes magos, todos habéis completado la preparación para la misión que tienen por delante. No hubo magia involucrada, solo imaginación, estudios y atención al detalle. Ahora si es posible, síganme.

Todos salimos y noto que mi tía y mi tío ahora pueden ver y reconocer al Sr. Kraus.

Entramos en las calles de la ciudad y Kraus gira justo en una pequeña calle de adoquines sin salida. Justo frente a nosotros una vez más está su librería de antigüedades. El letrero dice:

"Zbynek Kraus.
"Libros antiguos para las artes oscuras
y las ciencias ocultas"

Una vez dentro, cómodamente sentados en el mágico lugar, estamos ansiosos por hacerle muchas preguntas.

—¿Por qué no estabas disfrazado de ciego esta vez?— Pregunta Greenie.

—¿Qué tal si me lo dices tu Greenie?, ¿por qué?— él contraataca.

—No lo sé…— comienza a responder pero de repente su mirada estalla con intensidad,— quizás porque ya sabíamos que lo estabas haciendo o lo que es más importante, ahora podemos ver,— espeta.

Kraus asiente con obvia satisfacción.

—Greenie fantástico, ¡simplemente fantástico! Eso es correcto. Ahora sus mentes pueden ver claramente lo que les espera. Además, necesitarán todo lo que han aprendido o notado en su búsqueda,— agrega.

—Finalmente, antes de que te vayas, déjame leerte algo que también será absolutamente necesario en tu búsqueda,— dice mientras camina por el pasillo para buscar un libro. Apartando varios libros, lo deposita con cuidado sobre una mesa vieja, lo abre donde está un marcador y comienza a leer con gusto.

"No todo lo que oímos es lo que parece ser"

Las falsedades pueden engañar,
y aunque residen al otro lado de la realidad,
las perogrulladas también pueden ser esquivas.
A menudo no queremos decir lo que decimos,
esto ocurre cuando lo que realmente pensamos o hacemos
no está en sintonía con lo que sale de nuestras bocas.
Cuando en privado nos desviamos
de lo que realmente queremos decir
no solo no estamos persiguiendo la verdad,
también estamos intentando crear una falsa realidad
en la que podemos terminar
creyendo nuestras propias mentiras.
De ahí que la detección de falsos negativos o falsos positivos,
se convierta en un imperativo existencial.
Lo que escuchamos
Lo que es dicho,
De repente pierde peso, valor y respeto.
Lo que importa entonces es que
lo que realmente quisimos decir con palabras
no es lo que escuchan los demás
como no todo lo que escuchamos es lo que parece ser,
sino algo distinto.

Si en la actualidad no entendemos todo el mensaje que transmite el Sr. Kraus, conocemos importancia para no ignorarlo. La experiencia nos dice que se volverá indispensable a lo largo de nuestra próxima misión.

Capítulo 1

CITA UNA VEZ MÁS CON EL RELOJ ANTIGUO MÁS CONFIABLE

S in una sola palabra adicional del Sr. Kraus, una atmósfera familiar nos envuelve rápidamente. Todo a su alrededor se vuelve borroso y desde lejos podemos ver las imágenes de Kraus, con mi tía y mi tío en animada conversación.

Pronto perdemos contacto con sus imagen y nos encontramos dentro de una enorme cámara hecha completamente de madera donde los seis estamos parados en una pasarela estrecha suspendida por cables. Debajo, alrededor y encima de nosotros están los mecanismos de un reloj gigante. Los chasquidos son ensordecedores. En frente está la parte posterior de una esfera traslúcida gigantesca que refleja una intensa luz blanca y muestra las sombras de los números romanos que marcan la hora del día, así como las manecillas cortas y largas que trabajan los minutos y las horas.

Siguiendo el camino estrecho, tentativamente, caminamos hacia la parte posterior del gigantesco dial. Ahí están, las pequeñas puertas detrás de los números romanos de la esfera. Estamos en la parte de atrás del número romano de las tres en punto. Nuestro atrevido compañero Greenie da un paso adelante y empuja la pequeña puerta cuadrada. Los seis miramos afuera desde diferentes partes de la apertura. Es de noche, estamos a una altura aproximada de tres pisos mirando hacia abajo, pero esta vez no hay andamio. Incrédulos nos miramos y para nuestra sorpresa seguimos vestidos con nuestra ropa de calle.

—No hay vestidos de Arlequín esta vez. ¿Quizás no más?— Pregunta Greenie.

—Pronto lo averiguaremos,— responde Firee observándolo todo con gran detalle.

—Chicos, pongámonos en movimiento,— les digo.

Breezie reacciona más rápido que el resto de nosotros. Coloca una mano afuera y corrobora que se pone pegajosa de una vez, como una araña se mueve a través de las paredes de lo que parece ser una catedral. Pronto todos estamos haciendo lo mismo. bajando a un ritmo rápido.

'Chicos, ¿se dan cuenta de dónde estamos?' pregunta Firee a través de un pensamiento.

Sus palabras solo encuentran el silencio porque los demás estamos reconociendo el entorno. Para cuando llega su siguiente comentario, su observación no nos sorprende.

'Esta es la propia catedral de Notre-Dame, estamos en París amigos.' su pensamiento está lleno de asombro y entusiasmo juvenil.

Llegamos al nivel del suelo llenos de emoción. Mirar hacia la magnífica estructura solo aumenta las emociones que nos invaden. La majestuosa ciudad luz nos rodea.

—No se supone que haya un reloj astrológico en la catedral,— observa Reddish.

—Te refieres al París cotidiano normal, pero no necesariamente a su versión de realidad alternativa-paralela,— dice Checkered.

Mientras todos miramos al gigantesco reloj, la mente enciclopédica de Firee está trabajando de nuevo:

—En la versión de la realidad mundana de Notre-Dame, hay una enorme vidriera circunferencial. Está adornada con flores de colores talladas en los cristales.

De repente, una voz atronadora atrapa a todos por sorpresa.

—¡Bienvenidos a París, jóvenes magos!

Todos nos volvemos hacia el enorme reloj astronómico translúcido que marca el comienzo oficial de nuestra búsqueda de París.

—Este es el tercer año que los invitan a la reunión anual más grande de magos, magas, encantadores y brujas de todo el mundo que se lleva a cabo en varias ciudades de la tierra. Estoy seguro de que todos han notado las diferencias, especialmente sus circunstancias,— dice haciendo una pausa para enfatizar nuestra conciencia de los hechos. —Y son y serán significativamente más desafiantes a medida que buscan convertirse en verdaderos magos. Su viaje aquí a esta versión alternativa-paralela de París para conocerme ha sido exigente e intrincado. Requirieron el uso de la sabiduría y el sentido común que han adquirido y aprendido hasta ahora, y puedo decir con orgullo que se han destacado en eso,— la máquina del tiempo exacta continúa mientras mantiene nuestra atención total. —En consecuencia, mi discurso tradicional será muy breve este año, comparativamente hablando con nuestras dos ocasiones anteriores,— agrega.— Ustedes ahora son magos jóvenes completamente acreditados, por lo tanto, no requieren que los tomen de la mano,— dice. —Jóvenes magos, este año mis consejos, orientación, advertencias y pistas están contenidas en el conocimiento y la experiencia que acumulen durante su visita a los seis relojes astrológicos en Francia. Depende de ustedes discernirlo todo. Este año estarán atentos a sus mentores de libros antiguos sin ropa de arlequín, no necesitarán protección especial. En otras palabras, no más muletas, jóvenes. Una vez más, sus seis mentores de confianza serán difíciles de encontrar. Se convertirán en vendedores ambulantes, músicos y mendigos, pero su ocupación preferida seguirá siendo la de anticuarios de libros. Como todos los años, sus librerías viajan con ellos. Una vez que puedan encontrar a cada uno, ellos se sentarán con todos ustedes para estudiar una virtud humana o un defecto. Este año estudiarán las virtudes del Respeto, la Tolerancia y la Abnegación y los defectos de la Indiferencia, la Arrogancia y la Sordera. Una vez que hayan demostrado a cada mentor que han aprendido lo suficiente de cada virtud o defecto podrá pasar a la búsqueda de otro mentor. Pero este año, sin embargo, sólo ganarán poderes cuando demuestres excelencia y dominio en sus respuestas cuando el anticuario de libros los interrogue. También en la búsqueda de este año pueden venir a visitarme cuando lo consideren necesario. El desafío es que vengan por algo significativo y relevante para su búsqueda; de lo contrario, los reprenderán sin rodeos. No hace falta decir que en las próximas 24 horas se enfrentarán a desafíos aparentemente insuperables en ese momento. Tengan la seguridad de que cada uno de ustedes pronto sabrá si está hecho y preparado para la intrincada tarea de ser un verdadero mago. Una vez que hayan encontrado a cada uno de sus mentores y consideren que dominan cada virtud y defecto, la Torre Eiffel les recibirá. A medida que suban por ella se enfrentarán a seis desafíos que pondrán a prueba si han comprendido cada virtud y defecto. Si llegan a la cima se convertirás en verdaderos magos. Finalmente, como de costumbre, mis dos hijos, las manecillas del reloj, los acompañarán durante todo el camino. Sin embargo, Thumbpee y Buggie, como los llaman tan cariñosamente, jugarán un papel diferente, digamos que serán más reactivos a sus solicitudes que proactivos para anticipar sus necesidades. Entonces, dependerá completamente de usted cuán útiles sean. Pregúntenles lo que necesite. Con ellos tendrás una ventaja que no tendrán conmigo. Podrán hacer consultas triviales y tontas, pero dependerá de usted cuán útiles sean. Una cosa más, sus tabletas funcionarán solo para búsquedas en la web. Ningún correo electrónico, mensaje de texto o teléfono funcionará.

—Jóvenes magos, ¡sus 24 horas comienzan justo ahora!— Dice el Orloj antes de entrar en hibernación.

Capítulo 2

PASEANDO POR LA CIUDAD LUZ

Una vez más, el lugar parece vacío sin la presencia de la antigua y exigente máquina del tiempo.

—¿Dónde empezar?—Filosofa Reddish.

—¿Por qué no preguntamos a nuestros –debería decir– compañeros?— Propone Checkered en voz alta con tono sarcástico.

—Thumpbee, ¿podrías ser tan amable y hacerte presente?— Me burlo pomposamente de la situación.

En un instante, el diminuto hombre de piel pálida se sienta como de costumbre en mi hombro, con una pierna cruzada y la mano en la barbilla como de costumbre. Tengo que contorsionarme y girar para echarle un vistazo, aunque tiene un gesto de absoluto desdén y ni siquiera me mira.

—Y tú, Buggie, también puedes aparecer si puedes, por favor—, dice Greenie con una voz cariñosa.

En un abrir y cerrar de ojos, el inconfundible y molesto zumbido del insecto volador batiendo sus diminutas alas se hace presente una vez más.

—Entonces, ustedes dos son como unos genios ahora. ¿Tenemos que llamarlos primero y luego formular nuestros deseos?— Dice Breezie de manera burlesca.

Ninguno de nuestros dos compañeros está satisfecho con las nuevas reglas. Ahora la expresión facial de Thumpbee es de desprecio. El zumbido de Buggie, por otro lado, va y viene en ráfagas furiosas de fuego rápido.

—¿Por dónde deberíamos empezar?— Pregunto a los dos.

El zumbido de Buggie ahora tiene una cadencia como si no tuviera ni idea. Pulgarcito del otro lado parece pensativo, incluso travieso mientras nos mira intensamente, pensando en nuestra pregunta.

—¿Qué tienen en común los seis relojes astrológicos?— Dice refiriéndose a nuestro reciente viaje en tren.

Me doy cuenta de que estamos en el siguiente nivel del que habló Orloj. Seremos ayudados y asistidos, pero tenemos que resolver los problemas por nosotros mismos.

z-La respuesta obvia sería que todos son relojes astrológicos antiguos,— dice Greenie.

—Greenie, no estamos buscando una respuesta obvia,— dice Reddish.

—¿Qué pasa con los puntos de referencia?— pregunta Firee,— ¿No son todos puntos de referencia?— presiona.

Thumbpee se ha ido de repente. Buggie, por otro lado, vuela más y más alto hasta que está al nivel del techo inclinado de la catedral.

—Quiere que lo sigamos arriba,— dice Checkered.

Todos trepamos las pared desde la magnífica estructura. Una vez que estamos al nivel de los ojos con Buggie, vemos su pequeño rayo láser verde proyectado a través del río Sena.

—Greenie, Firee, ustedes son los expertos de la ciudad,— les digo para que expliquen.

—Esa es la dirección general hacia el Jardín des Tuileries (El jardín de las Tullerías),— dice Greenie.— Y del ... Museo del Louvre,— dice haciendo una pausa cuando la comprensión nos golpea a todos a la vez.

Sin decir palabra, descendemos por los muros de la catedral y nos dirigimos hacia el museo más famoso del mundo. Pero tan pronto como damos algunos pasos, chocamos con una pared que no podemos ver. Intentamos caminar en diferentes direcciones pero no podemos.

—Es transparente,— observa Firee.

Sin embargo, cuando camina hacia la catedral, no nos enfrentamos a tales obstáculos. Así es como nos encontramos dentro del lugar de adoración, aunque algo no está bien.

—¿Por qué simplemente nos retiramos?— Pregunto.

—¿No pudimos seguir adelante, Blunt?— Dice Breezie.

—No lo creo,— digo mientras camino de regreso afuera con los otros cinco.

Me dirijo en la dirección indicada por Buggie y golpeo la pared invisible. Usando mis extremidades pegajosas empiezo a escalar la pared transparente y resulta ser mucho más alta de lo que pensaba, unos diez metros de altura. Mi suposición inicial también resulta ser incorrecta: hay un techo. Pero eso no me disuade. De espaldas al suelo, agarrándome con mis cuatro extremidades –como un murciélago– ahora me muevo por el techo invisible mientras con cada paso y movimiento de la mano intento presionar y sentir la superficie tratando de encontrar una salida. Para mi deleite, en el siguiente movimiento, mi mano derecha no encuentra ninguna resistencia, así que paso por la abertura saludando a mis compañeros para que sigan mi ejemplo. Luego que corroboro que me han visto miro hacia afuera, desde donde se aprecia una magnífica vista de la ciudad. Pero eso es lo único normal que puedo ver ya que el cielo está lleno de sombras voladoras y siluetas de todos los tamaños, algunas incluso están montando escobas. Unas se acercan demasiado. Luego hay innumerables e incesantes destellos, pequeños relámpagos y explosiones seguidos por polvos de estrellas que suenan menos como una detonación o un ruido sordo y más como bocanadas. Los brillantes rayos y vectores de colores fluorescentes apuntan al cielo, se mueven sin parar y parecen originarse en todos los rincones del horizonte de la ciudad; los ruidos son ensordecedores, los silbidos inundan el espectro sonoro. A lo lejos, se puede escuchar música en todos los puntos cardinales y las risas y las personas que se gritan entre sí siguen siendo rumores perceptibles. Con mis cinco compañeros ahora a mi lado, contemplamos el caos paralelo de París con temor. Las festividades anuales de magos de todo el mundo están claramente en pleno apogeo frente a nosotros.

—La abertura del techo era el verdadero punto de entrada al otro París,— señala Checkered.

Aún en las instalaciones de la catedral de Notre-Dame, caminamos sobre el techo invisible hasta encontrar el borde. Luego descendemos a través de las paredes de la estructura transparente hasta que finalmente estamos firmes en el suelo del sitio de nuestra búsqueda. Así creemos al principio.

Greenie lidera el camino y con entusiasmo explica que Notre-Dame se encuentra en una pequeña isla en medio del río Sena.

Se llama "Île de la Cité" (La isla de la ciudad). Paseamos por un pequeño puente que sale de la isla cuando escuchamos un trueno en la distancia y lo que sucede a continuación es totalmente inesperado. Sin aviso surge una carga de alta energía eléctrica que se precipita hacia abajo a través de los cielos a la velocidad de la luz y viene hacia nosotros. El poderoso rayo nos toma por sorpresa cuando impacta en el suelo justo a nuestro lado. La explosión repentina nos levanta del suelo muy brevemente y nos impulsa con fuerza hacia el suelo donde aterrizamos todos. Quedamos acostados en el suelo con algunos moretones y rasguños, pero por lo demás estamos ilesos.

—¿A dónde creen que van jóvenes magos?

Escuchamos una voz irritable.

Estamos nerviosos y aturdido así que ninguno responde ni se mueve. Nuestros ojos van en todas direcciones buscando de donde viene la voz, pero no podemos encontrarla.

La leve brisa disipa lentamente la nube de humo y el olor acre de la explosión.

Frente a nosotros, contra la barandilla del puente, hay una pequeña tribuna con cuatro figuras de aspecto aturdido sentadas como si fueran un jurado. Son tres mujeres y un hombre vestidos con túnicas negras y sombreros de ala ancha. Sus palos de escoba yacen junto a ellos.

—La cosecha de este año es aparentemente una de las peores de la historia,— dice con voz estridente una de las extrañas figuras.

—Los pequeños tienen tanto miedo que no pueden hablar,— se burla uno de los intrigantes personajes.

—Quizás deberíamos empacar e irnos. Yo digo que les suspendamos, ¿votamos?— Pregunta la cuarta figura a los demás.

Aún sin entender muy bien lo que está pasando, no sabemos cómo reaccionar.

—Míralos. Con miedo y mudos y ni siquiera han comenzado la búsqueda de este año. Estoy de acuerdo, votemos. ¿Quién está de acuerdo en suspenderles y marcharse?

—¡Espera!— grito.

El grupo de cuatro se queda en silencio.

—¿Quién eres tú?— Pregunto.

—¿Escucharon una voz? ¿Alguno de ustedes escuchó algo?— Se burla de una de las brujas desagradables.

—¡Vamos, hijo de mamá, habla!— Dice otra de las malvadas damas con un tono de voz familiar.

—¿Quién eres tú?— Pregunto de nuevo con una voz más

firme.

—Somos el jurado,— dice.

—¿Un jurado? ¿Un jurado para qué?— pregunta Breezie.

—Debemos evaluar si están listos para la tarea,— dice una bruja particularmente espantosa.

—Pero...,— Reddish comienza a hablar pero la interrumpen.

—Sin peros, empecemos,— dice enérgicamente el único jurado masculino.

—¿Por qué se dirigen primero al Louvre?— Pregunta.

—¿Porque Buggie nos señaló en esa dirección?— responde Checkered.

—Y no les importó si el bicho volador estaba en lo correcto.

—Buggie nunca se equivoca,— responde Greenie.

—¿Qué pasa si se equivoca y el objetivo previsto está más allá –más adelante o en las cercanías– del Louvre?— Prosigue el mago desagradable.

Las dudas se apoderan rápidamente de nuestras mentes. Entonces lo veo.

—Nuestro primer destino es el Louvre, porque es donde terminó el láser de Buggie,— contrarresto con el acuerdo de mis compañeros.

Ninguno de los miembros del jurado improvisado pronuncia una palabra.

—Quizás todos habéis cometido un error más grave al principio de la misión de este año,— dice la bruja con voz familiar.

Sí, la recuerdo burlándose de mí en las calles de Praga y Venecia. Iba vestida como una mesera de taberna medieval. Parece saber lo que estoy pensando mientras continúa.

—¿Cómo saben que el camino hacia el París paralelo es a través del pestillo de la pared invisible en el techo? Después de todo, el Orloj se encontró con ustedes antes de que entraran a la ciudad a través de la puerta en el techo de la pared transparente, ¿qué pasa si ya estaban dentro de la versión paralela de París cuando hablaron con el Orloj y la muralla simplemente estaba ahí para obligarles a entrar en la ciudad a través, por ejemplo, de la iglesia? De lo contrario, ¿qué significa que el Orloj se encuentra fuera de la ciudad paralela?— Diserta la bruja escéptica.

Todos nos miramos con caras que denotan confusión hasta que vemos claridad en los ojos de Firee.

—Esta vez, el Orloj no está en el –otro– París porque en la realidad mundana no hay un reloj astrológico montado en las paredes de Notre-Dame, por lo que yace en un mundo propio aislado por la pared invisible y entre las ciudades paralelas y reales de París. Así que hicimos lo correcto al buscar una entrada al otro París. Además, encontramos a nuestros guías, o según el Orloj, esta vez solo son nuestros compañeros Buggie y Thumbpee, en el techo de la catedral buscando el consejo y nos lo dieron. Así que estamos en el lugar correcto y en el camino correcto,— discierne con brillante lógica.

Todos asentimos y sonreímos con ojos de orgullo.

—Además, el hecho de que nos hayamos encontrado significa no solo que estamos en otro Paris, sino también que nuestra búsqueda está ocurriendo mientras hablamos porque usted es el primer obstáculo que enfrentamos,— agrega Checkered con precisión analítica.

Nuestros cuatro jurados callejeros nos miran con desdén. A continuación se miran y suspirando con resignación se desvanecen en una fracción de segundo. Podemos escuchar su risa desvanecerse cuando nos dejan.

—A veces la gente no quiere decir lo que dice,— recuerdo en voz alta la lectura anterior del Sr. Kraus.

—¿Continuamos?— invita elegantemente Greenie a que

63

sigamos.

Saliendo del pequeño puente sobre el río Sena estamos fuera de la "Île de la Cité" (La isla de la ciudad) que se mezcla con el paisaje y la arquitectura de tal manera que es difícil distinguir una de la otra. Caminamos junto a las orillas del río y rápidamente nos acercamos a un puente mucho más ancho a nuestra izquierda.

Una pequeña conmoción captura inmediatamente nuestra imaginación: hay una pequeña multitud en uno de los lados del puente. Curiosos, nos desviamos de nuestro camino previsto y entramos en el puente donde está un hombre bastante bajo pero musculoso de pie sobre los rieles del puente. Destacan sus penetrantes ojos azules y su melena de cabello rebelde está dividida en el medio. Está envuelto en cadenas y sus brazos están firmemente atados en su espalda; tres esposas en sus manos y sus piernas también están encadenadas. Rápidamente nos damos cuenta de que todos los que nos rodean son espectadores y lo que ven es un espectáculo.

—¿De qué sirve que un mago ofrezca un espectáculo para un acto que puede lograr con un chasquido de dedos?— pregunta Reddish escéptico.

—¿De verdad crees que sería tan obvio?— Pregunta Thumbpee de repente sentándose una vez más en mi hombro,— empieza por preguntarte, ¿quién es el hombre que está a punto de saltar?— Pregunta el hombre diminuto antes de desaparecer una vez más.

En ese momento salta el hombre y nos pilla por sorpresa. Checkered jadea. Greenie agarra mi antebrazo. Reddish cubre su boca. Durante el breve instante que está en el aire, el hombre se retuerce furiosamente para liberarse. Cuando cae al agua pareciera que ya está en camino de liberarse y un minuto después de estar sumergido está de vuelta en la superficie, mientras, todos lo vitoreamos mientras nada hacia la orilla del río.

Junto con algunos de los espectadores, salimos del puente y nos dirigimos hacia el hombre sale del agua. nuestra enciclopedia viviente está lista.

—Sé quién eres,— dice Firee.

El hombre mira a nuestro compañero con desprecio.

—Todo el mundo sabe quién soy,— dice el actor mojado.

Luego, un rayo de reconocimiento cruza sus ojos.

—¡Ah! Un joven mago de la nueva cosecha que busca ser perdonado. Así que dime cómo me conoces pues no he estado por el mundo mundano desde hace más de cien años,— dice el acróbata ahora envuelto en una toalla.

—Eres el mayor ilusionista y escapista que jamás haya existido. Eres el gran Harry Houdini,— dice Firee con una gran sonrisa en su rostro.

—Un cumplido de alguien que vino al mundo casi un siglo después de mi muerte natural es algo que aprecio mucho,— dice.

Ya todos nos hemos dado cuenta de quien es el gran hombrecito. Como era de esperar, la curiosidad natural de Greenie se hace cargo.

—Entonces, Sr. Houdini, usted es un verdadero mago después de todo,— dice.

—¿Cuál es el punto detrás de su afirmación retórica jovencita?— Le pregunta.

—El escape que acabas de realizar no involucró magia,— continúa Reddish sin inmutarse.

—De eso, puede estar segura joven maga,— responde con orgullo.

—¿Se supone que debemos creer que a lo largo de su

65

asombrosa vida artística nunca usó poderes mágicos?—
interviene Firee con tono dudoso.

—Eso es absolutamente cierto,— responde Houdini.

—¿Cuál es el punto?— Pregunta obstinada Reddish.

— Los verdaderos magos no usan sus poderes en el mundo
mundano,— dice crípticamente Houdini.

—¿Por qué?— Pregunta Reddish.

—Interrumpiríamos la vida diaria y las creencias sociales de
los mortales,— dice el mago.— Además, ¿cuál es el desafío,
el esfuerzo, las dificultades y el valor de los artistas sin sudor
ni lágrimas?

—Su sabiduría es invaluable, Sr. Houdini, pero todavía
estoy confundido acerca de otra cosa,— dice Checkered.

—¿Y cuál será querido joven mago?— Pregunta.

—¿Por qué no usas tus poderes aquí en este mundo paralelo
de magos si puedes?— presiona Checkered.

—Oh, no. Créanme que lo hago, pero no cuando actúo para
otros. A los magos no les gustaría que yo mostrara sus propios
poderes. Se emocionan cuando hago acrobacias y escapes
usando solo mi habilidades y talentos naturales,— dice
Houdini y luego agrega.— En cierto modo, sucede lo mismo
en el mundo mundano, el público se asombra y aplaude por
las mismas razones.

—¿Qué hay de sus actos de magia en la vida real?—
pregunta Breezie.

—El público quiere creer en las ilusiones que les
proporciono. Quieren entretenerse pero en el fondo saben que
no son reales,— dice.

El gran mago se despide y se aleja junto a su pequeña
multitud.

—No todo es lo que parece,— recuerdo en voz alta una vez
más la lectura de Kraus.

Todos asienten con la cabeza mientras seguimos caminando por la orilla del río. Luego, desde la dirección a la que nos dirigimos nos obsequian con un festival de luces que parece salir del suelo. La intensidad de los rayos láser en el cielo nocturno captura nuestra atención. Sus colores parecen cubrir todo el espectro de luz: púrpuras brillantes, rojos, naranjas, amarillos, verdes, azules, todos se entremezclan y se entrecruzan incesantemente por el firmamento en lo que parece una batalla de espadas.

Saben que llegan los jóvenes magos. Los han estado observando todo el tiempo. Las fuerzas oscuras de la hechicería se acumulan en las nubes en forma de torbellinos de viento a alta velocidad. Los vientos azotan con ira. La impaciencia hierve. La impotencia duele. No tienen más remedio que esperar el momento adecuado. Después de la debacle en Venecia en los terrenos de la antigua prisión, ya no se les permite actuar contra la nueva generación de jóvenes magos antes de que hayan completado su primera aventura y lectura. Así que, a regañadientes, acechan llenos de ira reprimida, listos para vengarse de la humillación que sufrieron en Venecia.

Los rayos láser que vieron antes provienen de las famosas pirámides de vidrio del Museo del Louvre. Brillando con luz, parecen diamantes resplandecientes con rayos que brotan de cada quilate. Cuanto más nos acercamos a las pirámides, más tenemos que cubrirnos parcialmente los ojos. Entramos en los terrenos de los museos legendarios y estamos a solo unos cientos de metros de las pirámides de vidrio resplandeciente cuando el láser desciende rápidamente y en perfecta sincronía forma un tubo de luz que nos apunta. Ahora, justo enfrente, tenemos un túnel intensamente brillante hecho completamente de luz. Sin dudarlo, entramos en él. Después de unos pocos pasos, las paredes cilíndricas comienzan a girar y la rotación pronto se vuelve cada vez más rápida. La entrada en nuestra espalda se sella de repente con un halo de luz. En cámara lenta, las imágenes en vivo reemplazan los rayos de luz a través de las paredes del túnel. Es una película de tamaño real sobre nuestro entorno que se reproduce a alta velocidad. En rápida sucesión vemos desaparecer las pirámides, las inmaculadas paredes del museo se vuelven más sucias y aparentemente deterioradas, los autos en la calle adyacente se vuelven cada vez más anticuados, los árboles y el follaje cambian de color con las estaciones a gran velocidad, solo los carruajes de caballos ahora adornan las calles. Finalmente, la velocidad de la película se ralentiza hasta detenerse y las paredes cilíndricas desaparecen.

—Jóvenes magos, bienvenidos,— dice Cornelius Tetragor nuestro mentor de confianza y anticuario de libros. Lleva su habitual túnica y barba larga y blanca.—Ahora han vuelto al siglo XIX,— añade Tetragor a nuestros rostros ya perplejos.— Síganme por favor,— pide y seguimos obedientemente.

Frente al Sr. Tetragor, vemos un aire borroso en forma de puerta –un portal– donde entra con nosotros.

—Vamos a observar algunos maestros trabajando. Presten mucha atención y tomen nota si quieren.

El señor Tetragor camina rápidamente a través de un estrecha calle de adoquines y nosotros trotamos para mantener el paso con él.

—Primero vamos a visitar el taller del Sr. Bartoldi. No puede vernos ni oírnos. Sin embargo, por favor, no toquen nada,— dice Tetragor mientras ingresamos a un gran depósito. Lo que vemos frente a nuestros ojos nos sorprende por completo a todos: el rostro y la antorcha de tamaño real de la Estatua de la Libertad de Nueva York. Luego vemos al artista en acción.

—Jóvenes magos, aunque el Sr. Bartoldi viajó a Estados Unidos varias veces para buscar recursos para financiar la construcción de la estatua, nunca obtuvo mucho interés. Al final, la estatua se construyó con innumerables pequeñas donaciones del pueblo francés. Bartoldi, a su vez, obsequió el estatua a los EE.UU. La falta de interés por la estatua fue tal que el pedestal ni siquiera se completó cuando la estatua llegó a Nueva York,— dice Tetragor.

—¿Por qué está contando tantos billetes pequeños?— pregunta Greenie observando al artista que ahora cuenta dinero.

—Esas son miles y miles de pequeñas donaciones que recibió del pueblo de Francia para pagar la estatua,— dice.

—Caminemos de regreso al museo, permítanme presentarles a un artista muy peculiar,— dice Tetragor.

Entramos en el museo y nos dirigimos directamente a una de sus enormes y altas salas. Hay varios pintores que copian utilizando obras maestras colgadas en las paredes como inspiración. El Sr. Tetragor señala a un artista en particular que se sienta frente a una imagen enorme, tal vez de hasta 10 metros de alto.

—La pintura se llama 'La pintura de todas las pinturas' porque está creando un mosaico de obras maestras copiadas del museo en una escala más pequeña en un solo lienzo.

Todos admiramos la enorme pintura. Nos recuerda una igualmente gigante que descubrimos en la Plaza San Marco de Venecia. Esa tenía un carrusel de imágenes más pequeñas con una más grande en el medio.

—El pintor que ves es Samuel Morse, el inventor del telégrafo y el código Morse,— anuncia.— Antes de todo ese éxito fue durante muchos años un gran pintor que luchaba para llegar a fin de mes,— dice.

—¿Cómo se pasa de pintor a inventor de clase mundial?— Pregunta un Checkered incrédulo.

—Ambas actividades están impulsadas por una creatividad absoluta y sin restricciones a la imaginación,— responde el Sr. Tetragor.

Caminamos por las calles del París del siglo XIX. La mayoría de los hombres usan sombreros de copa y están vestidos de colores oscuros y crudos. Todas las mujeres lucen demasiado vestidas con ropa voluminosa aparentemente diseñada para ocultar sus figuras y feminidad. La rigidez de las personas se nota por todas partes.

Después de una larga caminata, entramos en otro taller donde un hombre grande y corpulento con una densa barba trabaja totalmente absorto en la figura de otro hombre sentado que se inclina hacia adelante. Apoya su barbilla sobre su mano derecha y a su vez apoya su codo en su pierna.

—El Pensador es el nombre de esta famosa escultura y el nombre del artista es Rodin. La hermosa joven que trabaja a su lado es su aprendiz y amante, Camille Claudel, tan talentosa como él,— dice.

Con asombro seguimos a nuestro mentor anticuario por las calles del viejo París.

—¿Esculpir es más difícil que pintar?— Pregunta con curiosidad Greenie.

—Depende del ojo del espectador, algunos argumentarán que esculpir es infinitamente más difícil porque está en tres dimensiones y no hay margen de error. Por ejemplo, si el artista quita el trozo de mármol equivocado toda se arruina.

Otros argumentarán que las perspectivas y la profundidad logradas en algo como esta pintura, —dice el Sr. Tetragor señalando una pintura familiar.

En un instante, sin previo aviso, estamos de nuevo dentro del Museo del Louvre pero parece que lo contemplamos desde la distancia. Pronto nos damos cuenta de que no podemos vernos a nosotros mismos. Entonces no estamos realmente presentes, nos acaba de traer con el propósito de mirar una pintura. Distraídos escuchamos al sonido de su voz al fondo.

—Como todos saben, esta es la Mona Lisa de Leonardo da Vinci. Echemos un vistazo desde el ángulo del lado izquierdo,— dice, cuando todos lo hacemos, —Ahora echémosle un vistazo desde el ángulo del lado derecho.

—La expresión cambia,— dice Reddish.

—Entonces, como ve, en una superficie unidimensional el artista logró algo extraordinariamente difícil,— dice mientras regresamos a las calles de la ciudad.

—Jóvenes magos, es hora de sentarse a leer y tener una discusión en profundidad sobre todo lo que han visto,— dice y nos toma por sorpresa. Una vez más nos encontramos frente a su almacén cilíndrico en forma de torre alta. El letrero dice:

"Libros antiguos para el espíritu y el alma"
(est. hace mucho, mucho tiempo)

—Bienvenidos a mi humilde tienda, por favor entren conmigo,— dice mientras entramos una vez más a su peculiar tienda y nos sentamos en nuestro banco habitual en el centro de la tienda. Luego realiza sus acrobacias usuales subiendo la escalera increíblemente alta y estrecha. En lo alto busca el libro que nos va a leer. Luego baja deslizándose a toda velocidad a través de la escalera, salta como un resorte, pero luego se acerca a nosotros como un anticuario circunspecto y comienza a leer en serio.

"El luthier de Mittenwald"

En el ámbito de los violines, violas y violonchelos,
hubo una vez un artesano magistral
–Un luthier–
como no había otro igual en todo el mundo.
Su nombre era Leo Schoeffer.
Nació en un pequeño pueblo llamado Minttenwald,
en la región de Baviera, Alemania del Sur.
Sus ajustes y retoques
iban mucho más allá de la elaboración,
reparación, restauración, ajuste fino incluso encordado
de cualquiera de esos preciosos instrumentos.
Sus incomparables habilidades
no solo estaban en la calidad de su trabajo
pero también en el que su nivel
de destreza al trabajar la madera
–era mejor que ninguno–
pero lo que lo distinguía como el mejor luthier
que jamás haya existido,
fue el hecho de que Leo podía "sentir" y "respirar"
los instrumentos de cuerda.

Una magnífica noche de invierno,
mientras asistía a un concierto de gala en Munich,
la ciudad más grande de Baviera;
El luthier observó atentamente
dentro de la belleza y magnificencia de la música
aunque no perceptible para la audiencia,
que algo andaba mal con el violinista principal.
Esta anomalía estaba ocurriendo

a pesar que lo que se escuchaba en toda la sala de conciertos,
era la frescura de la música de cámara,
impecable y esplendorosa.
Era como el sonido del cielo y los ángeles.
Y, sin embargo, para el experimentado Luthier,
la íntima y profunda conexión
entre el violinista y su instrumento,
simplemente no estaban allí.
Después de un gran final "apoteósico",
el violinista y la filarmónica
fueron ampliamente aclamados por el público;
tres veces cayó el telón,
tres veces tuvo que ser levantado
porque continuaban los aplausos.
Poco después,
el siempre perspicaz luthier fue detrás del escenario
para encontrar a su cliente el genial violinista.
"¿Qué ocurre?" preguntó el luthier.
"No lo sé, es un misterio para mí",
respondió el violinista.
"¿Lo dejaste caer?"
"No"
"¿Golpeaste algo con él?"
"Negativo. Como de costumbre,
nunca abandona mi vista
hasta que esta debidamente guardado y seguro en casa".
"¿Afinación quizás?"
"No. Está perfectamente afinado."
"Déjame ver."
Con mucho cuidado,
el violinista entregó el Stradivarius centenario,
valorado en millones,

a la única persona en el mundo que no fuera él,
a quién le permitía tocar su irremplazable instrumento.
Primero, con una pausa deliberada,
El luthier acercó el violín a su oído
mientras golpeaba suavemente
–utilizando un solo nudillo–
cada centímetro de la superficie de madera.
Escuchó con atención la acústica de los ecos,
resonando en toda la cámara interior del violín.
Luego,
procedió a deslizar delicadamente tres dedos
sobre la carcasa del violín,
olfateando dactilarmente cada curva, ángulo y articulación
del invaluable instrumento musical;
Hizo esto con los ojos cerrados,
buscando y esperando absoluta perfección
y suavidad en la vieja madera genialmente elaborada.
Cuando terminó,
el luthier sonrió al violinista.
"Déjame trabajar con el
Y te averiguo qué está pasando".

Al día siguiente,
el Luthier devolvió el Stradivarius al violinista.
"Toca una pieza musical, por favor", pidió el artesano.
El artista ansioso,
tomó el arco del violín en su mano derecha,
y con su brazo izquierdo extendido,
montó el violín en su hombro y contra su barbilla.
Pero justo antes de que el virtuoso comenzara a tocar,
el luthier notó el malestar del genial artista,
una vez más.

El músico tocó un par de notas con su amado instrumento y se detuvo.

"Sigo teniendo el mismo problema y no sé de que se trata ¿Qué pasa?" dijo el frustrado violinista.

Con una sonrisa bondadosa,
el luthier se acercó al violinista.

"No muevas el instrumento",
dijo el Luthier.

Con gran cuidado y mucho tacto,
el luthier movió ligeramente la posición del violín en el hombro del violinista.

"Ahora vuelve a colocar la barbilla", pidió el luthier.

El violinista lo hizo
y su cara se transformó iluminándose de inmediato.

Entusiasmado, el gran violinista tocó un solo de 10 minutos, liberando con furor y alegría
toda su pasión y deseo musical reprimidos.

"¿Qué le hiciste?"
Preguntó el violinista exhausto pero radiante.

"Francamente ... nada ..."
respondió el Luthier.

El violinista reaccionó con total sorpresa.

"Pero aun así me gané mis honorarios ...
Verás, pasé horas evaluando tu Stradivarius;
además de pequeños retoques,
nada más era necesario.

Llegué a la conclusión de que el problema era de otro tipo ".

"Repasé en mi mente tu actuación en el concierto
y tu sutil malestar ", explicó el luthier.

"¿Lo notaste?" preguntó un violinista sorprendido.

"Por supuesto,
  A estas alturas ya conozco bastante bien tu rutina".

"¿Cómo lo arreglaste ...?"
El violinista empezó a decir, pero se interrumpió.
"¿Mi postura?" preguntó.
"No exactamente.
Todo estaba en el posicionamiento de tu Stradivarius
en tu hombro.
Cuando volví en mi mente al concierto,
reproduje tu actuación.
una y otra vez,
hasta que me di cuenta
el cambio sutil en comparación con el pasado ".
"¿Lo notaste?" preguntó el violinista.
"Eso es correcto,
una aparente corrección mecánica
te colocó en el estado de ánimo adecuado
para provocar la simbiosis imperativa,
la comunión, la UNIDAD entre el violín y tú ",
El luthier dijo.
Luego agregó:
"En gente como tú esa es la única manera
como la soberbia e incomparable calidad
de tu violín Stradivarius
unidas a tu inmenso talento
brotan simultáneamente y a todo dar
"Una desviación tan diminuta,
un cambio mínimo casi que imperceptible,
crea la diferencia entre la grandeza ordinaria
y el genio absoluto, desenfrenado y galopante",
concluyó el magistral artesano.

Las palabras mágicas aún permanecen en el aire cuando el
Sr. Tetragor nos plantea su primera pregunta.

—Jóvenes magos, hay un tema común entre todas las experiencias que han tenido desde que se separaron de Orloj. Juntos, vamos a explorar en busca de la respuesta,— dice el anciano anticuario,— Greenie, ¿cuál fue tu conclusión del encuentro con el gran artista del escape, Harry Houdini?,— Pregunta.

—Tenemos que saber cuándo usar los poderes que tenemos y cuándo no,— responde con temor.

—¿Y cómo haces eso?— El anticuario presiona.

Greenie duda, luego un destello se cruza y se iluminan sus ojos.

Cuando en el mundo mundano no uso mis poderes mágicos, lo cual es mejor, porque en caso de que lo hiciera, solo sería una confusión y duda para los demás. Por otro lado, usarlos en el mundo de la magia no tiene sentido si todo lo que estamos tratando de hacer es impresionar a otros magos,— dice Greenie con orgullo.

—Este tipo de restricción al final, ¿qué significa Greenie?— Pregunta.

—Que nunca deberíamos depender por completo de nuestros poderes mágicos. Tenemos que estar preparados para actuar sin ellos en todo momento,— dice.

—Muy bien. Blunt, ¿Qué aprendiste de nuestra visita al Sr. Bartoldi?

—Los grandes proyectos y empresas requieren el apoyo de muchos,— respondo.

—Pero eso no es suficiente. ¿Qué más es necesario?— Pregunta Tetragor.

—El entusiasmo, el empuje y la ejecución de unos pocos, incluso uno que avanza a pesar de los obstáculos, retrocesos y contra todo pronóstico,— le respondo.

—Excelente. Checkers qué hay de la escultura de Rodin –El

Pensador– versus la Mona Lisa de Da Vinci. ¿Cuál fue la lección después de nuestra visita?— Pregunta el Sr. Tetragor.

—Ambas son obras maestras, hay complejidad en la simplicidad en El pensador de Rodin y simplicidad en la complejidad de la Mona Lisa de Da Vinci,— responde.

—Maravilloso. Reddish, ¿qué pasa con el señor Morse? ¿Qué aprendiste de él?— Pregunta nuestro anticuario de libros.

—Hay muchas oportunidades para reinventarse en la vida. La clave es nunca renunciar a tus sueños, incluso si son tan descabellados como la idea de un telégrafo en la época en que Morse le dio vida,— responde Reddish.

—Exactamente en el punto. Breezie, cuéntame sobre el violinista y el luthier, ¿qué aprendiste de esa fábula atemporal?— Pregunta el Sr. Tetragor.

—La perfección es un delicado equilibrio entre talento, ensayo, ejecución, y los instrumentos, herramientas o dispositivos que usamos para realizar; y solo ocurre cuando hay una conexión íntima entre los tres,— responde Breezie.

—Exacto. Firee, ¿cuál es entonces el denominador común entre todas estas experiencias? ¿Qué han aprendido de ellas?— Dice el anciano de larga barba y túnica blanca.

Firee parece que está listo para la pregunta, aunque todavía tímido ante nuestro imponente anticuario, solo balbucea su respuesta.

—El denominador común entre Houdini, Bartoldi, Morse, Rodin, DaVinci y Luthier es la virtud del respeto.

—¿Por qué?— Pregunta el Sr. Tetragor.

—Lo que todos ellos se han ganado con su talento, trabajo duro y resultados tangibles de nuestra parte es nuestro respeto,— responde Firee, ahora radiante de confianza en sí mismo.

Nuestro mentor anticuario de libros asiente con entusiasmo.

—Estoy orgulloso de ustedes, jóvenes magos. Les deseo lo mejor el resto del camino,— dice antes de desaparecer en un instante.

Volvemos al presente justo enfrente de la pirámide de cristal del Museo del Louvre y de repente siento el familiar golpe en mi hombro.

—¿Chicos, necesitan algo de mí?— dice Thumbpee con un tono de voz presuntuoso.

—¿Por qué no ganamos un sobre con una pista esta vez? Reddish pregunta el hombre diminuto en mi hombro.

—El Orloj ya te dijo en su discurso de apertura que esta vez las pistas están todas en las experiencias con los seis relojes astrológicos que visitaron en toda Francia,— responde el especie de hombre.

—¿Qué pasa con un nuevo poder, no ganamos uno esta vez tampoco?— Pregunta Breezie.

—Solamente con rendimiento excelente o excepcional,— responde el liliputiense.

—¿Y no fue Thumbpee?— Pregunta Breezie.

Una sonrisa se forma lentamente en la pálida y pálida carita de mi autoproclamada conciencia.

—Por supuesto que lo fue, por supuesto Breezie. Excepcionales fueron las palabras del Sr. Tetragor al salir,— dice el hombre diminuto.

—Nos enfrentaremos al peligro pronto, ¿verdad Pulgarcito?— Pregunta Rojizo,

—Antes de lo que esperas, Reddish, antes de lo que esperas,— responde Thumbpee justo antes de desaparecer una vez más.

Capítulo 3

AJUSTE DE CUENTAS Y FUEGOS ARTIFICIALES EN PARIS

Amigos, ¡invisibles ya!' Razono mientras cambio a comunicaciones de pensamientos, 'Ahora, agruparse para crear nuestro escudo de cúpula para protegernos'.

Tanto nosotros mismos como nuestro escudo protector nos volvemos completamente transparentes. Ya cubiertos por nuestro escudo comenzamos lentamente a movernos.

'Buggie, ¿a dónde deberíamos ir ahora?'

El molesto zumbido de nuestro leal compañero generado por el incesante batir de sus alas se ve exacerbado por la cercanía en la que estamos todos. Su diminuto láser señala un camino lejos del río Sena y hacia una calle ancha.

'¿A dónde nos lleva eso, Greenie?' pregunta Breezie.

'Hay varios puntos de referencia ubicados muy cerca de la dirección que Buggie está indicando', responde mientras Buggie desaparece para nuestro alivio.

'La Biblioteca Nacional, el Palacio Real, la Plaza de la Concordia, pero en particular también hay un lugar donde un existía un hito: fue el antiguo mercado central de alimentos frescos, llamado Les Halles pero ya no existe desde 1971. En su lugar hay un centro comercial mayoritariamente subterráneo llamado Forum des Halles', añade.

Todos nos miramos con complicidad. Mientras tanto, Buggie regresa batiendo sus alas furiosamente y su intenso zumbido confirma nuestro instinto.

'Supongo que tendremos que encontrar el camino hacia el antiguo mercado', agrega Greenie llevándonos lejos del río a través de la plaza del Louvre.

'Nos dirigimos ahora a la Rue de Rivoli, la calle ancha que tenemos delante', dice, ya que debajo del escudo transparente solo podemos avanzar con dificultad y de una manera bastante torpe.

Al principio, no vemos la niebla que emana del río, luego la notamos y cuando nos volvemos, una ola de espesa niebla blanca está a punto de envolvernos.

'Vamos a sentarnos y esperar a que esto pase', digo.

Aparecen linternas fluorescentes y numerosos pares de gafas de infrarrojos. Cuando los primeros destellos de luz cruzan nuestro escudo y literalmente nos atraviesan nos damos cuenta de que no pueden vernos. Después de unos minutos, cuando la niebla se disipa, nos espera una gran sorpresa. Estamos rodeados de horribles enanos con narices largas y onduladas y sombreros de cono flexible. Cada pareja arrastra una red que recorre desde el suelo.

'Debe haber cincuenta', señala Reddish.

Un par de gnomos se dirigen hacia nosotros deslizando la red por el suelo, mientras nosotros nos abrazamos abrazándonos con fuerza sabiendo que la red se va a poner en contacto con nosotros, es inevitable. Cierro los ojos y me preparo para el contacto, pero nada pasa. Lo que veo a continuación me toma por sorpresa: los bordes de la gran red se deslizan a través del piso dentro de nuestro escudo, incluso a través de las piernas de algunos de nosotros.

'El escudo nos protege, no solo no pueden vernos sino tampoco pueden pescarnos ni tocarnos', reflexiono y todos sonríen y suspiran aliviados.

De repente todos saltamos al ver el rostro de nuestro némesis el enano que niega con la cabeza con frustración. Por un momento, parece estar mirándonos directamente, pero es solo una ilusión pues no sabe que estamos frente a él.

Lentamente, el pequeño ejército de enanos se retira. Su líder blasfema y maldice sin parar.

Reanudamos nuestro paseo bajo nuestro escudo de cúpula invisible. Pronto llegamos al amplio bulevar Rue de Rivoli. Unos cientos de metros más allá llegamos al enorme centro comercial subterráneo ubicado donde estaba Les Halles.

'¿Un portal?' Pregunto.

'¿Un portal nos transportaría a tiempo?' pregunta Checkered.

'Ya lo hizo en Praga. Salimos al mismo lugar pero 10 horas después', respondo.

Todos asienten.

'¿Regresaremos un año?' Pregunta Reddish.

'Afirmativo, al siglo XIX de nuevo', espeto.

'¿Estamos todos de acuerdo en que queremos que el portal nos lleve atrás en el tiempo a este lugar en Les Halles?' Pregunta Breezie.

Todos estamos de acuerdo. A continuación, como solo uno de nosotros tiene el poder de crear un portal en cualquier momento, cada uno lo intenta hasta que Checkered logra hacerlo. Una puerta de aire borroso se forma frente a nosotros. Pero cuando estamos a punto de quitar nuestro escudo abovedado invisible, Reddish hace sonar la alarma:

'Permanezcamos invisibles, tenemos que cerrar el portal en el momento en que lo crucemos, existe el riesgo de que nuestra némesis esté mirando y nos siga a través del portal'.

Todos asentimos con la cabeza. Como soy el que creó el escudo paso la mano y a través del pensamiento le ordeno que se disuelva. Rápida y ansiosamente, aunque todavía somos invisibles, cruzamos el portal.

El enano ha estado vigilando la ruta desde el Louvre a Les Halles de ida y vuelta durante un rato. Su frustración crece por momentos. No hay rastro de nosotros. Camina por las instalaciones. Numerosos gnomos bajo sus órdenes hacen lo mismo. Nada.

—¿Están perdidos estos cabrones?— Reflexiona.

Ahí es cuando obtiene un breve vistazo de nuestro borroso portal aunque este desaparece en fracciones de segundo. El espantoso enano sonríe por primera vez en mucho tiempo ya que sabe la ubicación probable adonde nos dirigimos, pero no dura mucho.

—¿A qué año se fueron?— Pregunta retóricamente porque sabe que una vez más se le han escapado entre los dedos.

Mientras tanto, nos paramos frente a una estructura de vidrio y hierro.

—Thumbpee, necesitamos tu ayuda,— dice Breezie.

En un instante, el hombre minúsculo vuelve a sentarse en mi hombro.

—A su servicio, ¿qué necesitan los jóvenes magos?

—Cuéntenos sobre este lugar, por favor,— pide Breezie.

—Caminemos adentro. Les Halles era el mercado central de alimentos frescos de París. Esta espectacular estructura a la que acabamos de ingresar fue construida a mediados del siglo XIX (década de 1850), que es la época en la que se encuentran ahora. La construcción de esta icónica y famosa estructura sirvió para que el mercado de París se convirtiera por completo en un mercado de alimentos. Duró más de cien años hasta bien entrado el siglo XX (1970),— explica la especie de hombre cuando entramos en las bulliciosas instalaciones. Como siempre, sin preguntar, Thumbpee desaparece rápidamente.

Los olores y aromas toman el control y nos golpean de inmediato. La intensidad y crudeza de productos frescos crean una mezcla de deliciosos placeres sensoriales. Los colores de las verduras, frutas, tartas, baguettes, carnes, mariscos, especias nos abruman rápidamente. Contemplamos con asombro el caos de personas y productos alimenticios que van y vienen incesantemente. Un hombre bajo de barba y gafas gruesas se acerca a toda prisa. Choca con Greenie y la derriba. De inmediato deja caer al suelo un cuaderno grande y los lápices que lleva.

—Lo siento tanto jovencita,— dice el hombre nervioso mientras ayuda a Greenie a ponerse de pie.

Nos contempla con curiosidad, le interesan especialmente las ropas que llevamos mientras las observa con ojos de asombro.

—Supongo que es su primera vez en Les Halles?— Pregunta.

Todos asentimos con curiosidad.

—Bueno, están justo en el corazón de París, al menos para mí. Llamo a Les Halles, "Le Ventre de Paris" (El vientre de París), déjenme mostrarles por qué. Este lugar colorido, vibrante y aromático alimenta toda la ciudad y algo más. No solo la excelente cocina gourmet, sino también la comida igualmente sabrosa y más mundana que se sirve en los restaurantes, bistrós y casas de París se originan aquí. Además, grandes artistas vienen aquí para pintar, otros para escribir, como yo. Déjenme mostrarles,— dice nuestro amable anfitrión.

Vemos como un joven roba una barra de pan y es inmediatamente atrapado por un par de gendarmes (policía).

—Esa es una escena habitual y probablemente inspiró a uno de los famosos escritores franceses de todos los tiempos,

Victor Hugo, a escribir en su libro Los Miserables, una escena similar en la que el personaje principal, Jean Valjean, roba una barra de pan y es severamente castigado por ello.

"Bueno, jóvenes, es hora de que me vaya. Mi nombre es Émile Zola, soy escritor de profesión y también me inspiro en este bullicioso lugar; Actualmente estoy escribiendo sobre Les Halles.— dice antes de alejarse con los mismos pasos rápidos y nerviosos que lo llevaron a atropellar a Greenie.

Me quedo sin palabras pero no estoy solo. Todos sabemos que acabamos de conocer a uno de los grandes escritores franceses de todos los tiempos.

Fuera del edificio veo a Buggie flotando.

—¿Por qué no está aquí adentro?— Digo señalándolo a los demás.

Salgo y el zumbido de sus alas se intensifica como si estuviera feliz de verme.

—Supongo que no puedes volar dentro de un mercado de alimentos,— digo y su rápido zumbido lo confirma. —¿Hay algo que quieras alertarnos o señalarnos?— Pregunto pero Buggie no responde. Reflexiono sobre ello mientras mis cinco compañeros me miran con rostros desconcertados, si no divertidos. —Está bien, está bien, lo entiendo. Esta vez tenemos que preguntar,— le digo y Buggie zumba en lo que parece una confirmación divertida.

—Buggie, ¿qué debemos hacer ahora?

Nuestro compañero de confianza reacciona en un instante apuntando su diminuto rayo láser verde al suelo. Todos miramos hacia abajo y vemos un pequeño folleto que tiene un nombre escrito en letras rojas brillantes: "Montmartre" (La Belle Epoque, década de 1890).

Todos lo entendemos a la vez y Greenie reafirma:

—Ese es el nombre del barrio de los artistas en París. Se

asienta sobre una colina en la parte norte de la ciudad.

—¿Portal?— Pregunta Reddish.

El espantoso enano y su pequeño ejército nos han estado buscando durante todo el siglo XIX. Moviéndose a lo largo del tiempo, año tras año, han buscado en vano. Su frustración ha alcanzado niveles insoportables mientras no nos encuentra. Luego, cuando él y su séquito y legan a la década de 1890, encuentra el mercado de alimentos de París renovado pero con la misma estructura de vidrio y hierro. Ahí es cuando ve a Reddish, el último de nosotros en entrar al portal. Se acerca a ella, pero por fracciones de segundo la pierde. Todo lo que queda es un pequeño grupo de estrellas brillantes flotando justo donde estaba el portal. Resoplando y resoplando, el enano camina de un lado a otro maldiciendo mientras busca pistas. Gracias a Dios que recogí el folleto que estaba en el suelo. Lo que no sé es que justo cuando nos íbamos Buggie dejó caer otro folleto al suelo para que el gnomo lo encontrara. Tenía el nombre de Palais de Versailles (El Palacio de Versalles), desviando a los enanos del rumbo en dirección opuesta a Montmartre, todo el camino en el campo.

Montmartre (década de 1890), París
(Temprano en la tarde)

Estamos parados en lo alto de un conjunto de escalones anchos y empinados, rodeados por una Basílica y una Iglesia; desde la colina en la que nos encontramos a la distancia, podemos ver la ciudad de París, incluida la Torre Eiffel.

—Bienvenidos jóvenes magos, los estaba esperando,— dice Lazarus Zeetrikus, nuestro mentor de libros de confianza.

Nos sentimos inmediatamente relajados y a gusto en presencia del hombre alto y larguirucho con un sombrero de copa doblado.

—Síganme si quieren,— dice mientras marcha con sus habituales zancadas largas y ritmo rápido. Damos la vuelta y lo seguimos por una plaza peatonal en el corazón de Montmartre. Rápidamente nos encontramos con una gran cantidad de artistas por todas partes. Músicos callejeros, acróbatas, malabaristas y especialmente pintores de aspecto bohemio con sus lienzos sostenidos por trípodes de madera, inspirándose en los alrededores. La combinación de colores vivos entre las prendas que la gente usa y las flores que nos rodean proyecta energía positiva y alegría. El Sr. Zeetrikus nos lleva a un taller donde vemos a un hombre corpulento de barba trabajando en un lienzo con el conjunto de flores violetas más asombroso que jamás hayamos visto, la combinación de colores nos deja asombrados, contemplándolo durante largo tiempo.

—Están presenciando a uno de los más grandes pintores de todos los tiempos, el Sr. Renoir está trabajando, dice el Sr. Zeetrikus.

Seguimos adelante y él nos lleva a una cafetería donde asistimos a una animada discusión entre un grupo de coloridos personajes.

—¡Ah! La nueva generación de magos jóvenes,— dice un extravagante hombre delgado vestido con una larga barba,— Vengan aquí,— nos insta.

Algo inesperado sucede cuando nos acercamos tímidamente al grupo de adultos. Todo lo que nos rodea se congela en el tiempo, excepto nosotros seis y el Sr. Zeetrikus.

Aparece una galería de imágenes virtuales de Monet.

—Jóvenes magos, permítanme presentarles las obras de los pintores impresionistas y art nouveau franceses más famosos. Ese es el Sr. Monet,— dice nuestro mentor anticuario señalando a un joven apuesto.

—Puede desplazarlas con sus manos,— dice Zeetrikus.

Nosotros lo hacemos y una asombrosa variedad de obras maestras se exhiben frente a nosotros. Una en particular nos llama la atención, una mujer bellamente vestida y un niño.

—Esta es Mujeres con sombrilla donde retrata a la señora Monet y su hijo, es uno de sus cuadros más famosos,— dice nuestra mentora.

—Ese es el Sr. Degas,— dice.

Esta vez la galería contiene una obra de arte que nos llama la atención, se trata de un grupo de bailarines de ballet magníficamente vestidos, y todos están escuchando atentamente a su instructor.

—Esa obra maestra de Degas se llama La clase de ballet,— agrega Zeetrikus.

—El siguiente es el Sr. Cézanne,— dice el Sr. Zeetrikus.— Es un paisaje de campo magnífico y colorido enmarcado por una montaña imponente. Se llama Mont Sainte-Victoire,— añade.

—Esto es Toulouse-Lautrec,— dice al presentar una escena de baile en una sala.— Es una obra maestra llamada En el Moulin Rouge, un famoso cabaret francés.

—Ahora permítame presentarle al Sr. Pissarro,— dice el Sr. Zeetrikus señalando una escena nocturna en un bulevar completamente iluminado.— Uno de sus cuadros más famosos El Boulevard Montmartre.

—Ese es el Sr. Manet,— dice señalando a una joven ricamente vestida en la galería de imágenes. Parece ser una camarera.

—La obra maestra de Manet se llama Un bar en Folies-Bergere,— agrega Zeetrikus.

Todavía estamos absorbiendo la exposición de obras maestras cuando el Sr. Zeetrikus está una vez más en movimiento. Lo seguimos con entusiasmo aunque todavía no volvemos a la realidad. A la vuelta de la esquina con París de fondo, ligeramente debajo de la pequeña colina del barrio bohemio y artístico de Montmartre, nos encontramos con una librería de libros antiguos:

"El bufón, libros antiguos para todas las edades"
(Est. Hace mucho, mucho tiempo)

La puerta está entreabierta, así que entramos rápidamente. La tienda familiar que hemos visitado en Praga y Venecia tiene el mismo olor fuerte a cuero viejo y papel. El lugar cavernoso y oscuro está igualmente descuidado con innumerables pilas sobre pilas de libros por todas partes.

—Jóvenes magos, hablaremos extensamente de sus experiencias recientes. Primero, permítame leerles una fábula muy especial que resalta ciertos valores como un escudo contra el defecto humano de la indiferencia. Aquí va…

"La joven de Budapest"

La joven caminaba por las calles en ruinas de Budapest,
sus ropas andrajosas y sus zapatos gastados
coincidían con la mirada hambrienta
y los ojos tristes dibujados en su rostro.
Una barra de pan aquí, una taza de sopa caliente allá,
eran limosnas apenas suficientes para sustentarla,
Pero no por mucho tiempo.
No quedaba nada de la casa donde nació,
solo escombros y ruinas,
donde una vez estuvo la magnífica residencia.

No tenía idea de si algún miembro de su familia
todavía estaba vivo,

cuatro años antes la habían enviado a un convento
en lo alto de las montañas Dolomitas italianas
al cuidado y protección de su tía,
la hermana de su madre, la monja.

"Sofía, la guerra puede llegar pronto a Budapest,
estarás a salvo con Clara", dijo su madre.
"Tu hermano se quedará con tu tío Alfonzo en Nueva York",
agregó su madre refiriéndose al hermano de su padre.
"¿Y ustedes dos?" ¿Por qué se quedan?
¿Por qué no nos vamos todos juntos?",
Preguntó Sofía.
"Porque tenemos que proteger nuestra casa
y la fábrica de tu padre ", dijo su madre.
"Además, todo esto puede terminar pronto,
en ese caso, volverás de inmediato "
"Quiero que todos nos quedemos juntos aquí en casa",
"Lo siento, Sofía, pero no es seguro que estés aquí",
dijo su madre con firmeza.

Temprano a la mañana siguiente,
Sofía fue enviada en tren al convento
en las altas montañas de Italia.
Pero no antes de que tuviera lugar una despedida
sombría y llorosa.
Sus padres y su hermano menor Thomaz diciendo adiós
eran las últimas imágenes que tenía de ellos.
Solo sabía que poco después de su llegada al convento,
los nazis se habían apoderado de Budapest.
Ella ni siquiera sabía si su hermano
había llegado a América.
Nadie contestó sus cartas

ni de Budapest o los Estados Unidos.

Cuatro años después la guerra terminó.
Ya tenía 18 años, era una joven adulta,
así que Sofía decidió volver a casa
contra los fuertes deseos de su tía, la monja.

Finalmente de vuelta en su ciudad natal,
no sabía que hacer ni tampoco tenía adónde ir.
Se sentó durante horas en la puerta de su casa,
lo único que quedaba en pie de la propiedad.
Sofía lloró suavemente,
sus sollozos iban y venían
como olas de tristeza y anhelo que la inundaban.

Primero, vinieron a ella como un susurro.
Trató de concentrarse y salir de la neblina en la que estaba.
"Sofía, ¿eres tú?"
Escuchó un susurro.
Lentamente levantó la cabeza como hipnotizada.
Primero no vio a sus padres y su hermano ahora adulto.
En medio de su debilidad y la bruma,
pensó que estaba alucinando
mientras tres figuras se movían en cámara lenta hacia ella
aún cuando estaban literalmente corriendo.

Finalmente reaccionó en un abrir y cerrar de ojos.
Sus ojos se agrandaron y su mirada se hizo intensa
"Mamá, papá, Thomaz", gritó.
Sus labios temblaban y su corazón latía con fuerza,
Sofía saltó y corrió con toda la energía que le quedaba.
Todos se abrazaron y besaron sin fin,

toda la familia estaba junta de nuevo.

"Fuimos a recogerte al convento,
tu tía nos dijo que estabas de camino hacia aquí.

"Supimos que estaban todos a salvo,
pero que lo pasaron mal", dijo su mamá.

"Estábamos incomunicados del mundo, madre.
Durante los últimos meses
apenas había comida, carbón o leña" dijo Sofía.

"Hija, a nosotros tampoco nos fue mucho mejor.
Escondidos en un monasterio
en lo alto de las montañas Tatra de Eslovaquia.
Lo perdimos todo, Sofía ", dijo su padre.

"No papá, no es así,
lo tenemos todo,
¡Nos tenemos a todos juntos, sanos y salvos,
La familia está entera, papá,
y en estas circunstancias,
eso es lo único que importa!"
Dijo la joven de Budapest.

La emoción se refleja en nuestros rostros. Todavía estamos procesando todo mientras el Sr. Zeetrikus continúa.

—Ustedes seis han presenciado y conocido a un grupo selecto de algunos de los artistas franceses más conocidos. Todos ellos están considerados entre los más grandes de la historia,— dice nuestro erudito mentor.

—Tan diferentes como son entre sí. Algunos son escritores, otros pintores, todos tienen cosas en común. Breezie, indícanos qué viste en estos personajes, ¿qué los une a todos?— Pregunta el Sr. Zeetrikus.

—Confianza en su oficio,— responde.

—¿Y eso es una consecuencia de?— Pregunta el Sr.

Zeetrikus.

—Preparación, consecuencia y ensayo incansables,— Breezie dice.

—Reddish, ¿qué más viste en común en este grupo de artistas de gran talento?— prosigue el anticuario de libros antiguos.

—Enfoque absoluto en sus tareas. Cada pintor tenía un estilo magistral y diferente que requería un compromiso del más alto nivel de concentración para mantener su propia identidad,— dice Reddish.

—¿Qué hay de ti Firee? ¿Qué viste en ellos?— pregunta un aparentemente complacido Sr. Zeetrikus.

—Genio creativo, señor. A través de una impresionante exhibición de obras de arte únicas,— dice Firee.

—¿Y Checkered, qué puntos en común observaste?— dice el Sr. Zeetrikus.

—Talento altísimo, señor. La conversación que tuvimos con el escritor Emile Zola acerca de que el mercado es el vientre de París me permitió no solo visualizar el trabajo de producir comida en una gran ciudad, sino experimentar más intensamente los aromas de toda la comida a mi alrededor,— dice Checkered.

—Lo que me lleva a ti Blunt, dime joven mago, ¿qué es lo que ninguno de estos artistas icónicos tiene en relación con la vida, el mundo u otros?— pregunta el Sr. Zeetrikus.

Reflexiono sobre ello por un momento tratando de visualizar a cada artista. Entonces lo consigo en un instante.

—Indiferencia señor Zeetrikus. Ni uno solo de ellos fue apático hacia el mundo que los rodeaba. Como cuando el Sr. Zola señaló al ladrón robando una barra de pan y otra escena similar que observó el Sr. Hugo que lo llevó a escribirlo en uno de los momentos clave de Los Miserables. El Sr. Zola mostró el compromiso, nivel de sensibilidad y capacidad de observación que tenían todos estos grandes artistas,— digo.

—Muy bien dicho jovencito, Bravo!— Dice Tetrikus aplaudiendo suavemente. —Rendimiento asombroso e impecable,— agrega justo antes de desaparecer en una nube de estrellas y relámpagos.

Una vez más, no hay ningún sobre blanco esperándonos en el suelo.

Nos encontramos en la calle lateral de Montmartre, el barrio bohemio y artístico de París.

—Thumbpee ...— dice Reddish en voz baja.

En un instante siento el pequeño bulto en mi hombro y seguro que ahí está, sentado como de costumbre con una pierna cruzada y una mano apoyada su barbilla.

—Sí, Reddish, ¿cómo puedo ayudarte?— dice la especie de un hombre distraídamente.

—¿No te estás olvidando de algo liliputiense?— Pregunta.

—Y ¿qué sería eso...? ¡Ajah! Por supuesto por supuesto, mis disculpas,— suelta todo enredado. —Todos ustedes ahora tienen la capacidad de ver si las personas están infectadas con un virus incluso a través de las paredes si quieren,— dice Thumbpee antes de desaparecer una vez más.

—Vamos a conocer el Orloj,— dice Checkered.

—¿Con qué propósito?— pregunta Breezie.

—Bien, es mejor que tengamos una buena razón. Recuerda lo que dijo,— dice Firee.

—Tenemos un tema crucial del que hablar con él,— dice Greenie.

—¿Y que sería eso?— Pregunto.

—El misterio de los seis relojes astrológicos en Francia,— dice Greenie.

—Y el reloj astrológico inexistente de París,— agrega

Checkered.

—Supongo que tenemos que volver a hablar con él de la misma manera que accedimos a esta versión paralela de París,— dice Breezie.

Acordamos rápidamente volver al presente. Cada uno de nosotros intenta crear un portal y Checkered es la afortunada. Todos atravesamos el aire borroso en forma de puerta y al otro lado entramos en la parte trasera de Notre-Dame.

Avanzamos con las manos al frente hasta que nos topamos con la misma pared transparente que bloquea nuestro camino. Trepamos la pared y nos movemos por el techo usando nuestras extremidades pegajosas hasta que encontramos la misma puerta con pestillo que usamos antes. A continuación, descendemos y salimos de la versión paralela de París, ahora podemos ver una vez más el enorme reloj astrológico translúcido en la pared de la Catedral. Como antes, ocupa el lugar de lo que normalmente es una enorme ventana circular de cristal.

Los enanos pasaron la mayor parte de la noche buscándonos. Finalmente, la espantosa figura los espera en el lugar indicado. Ahora tiene un candado y está al acecho con su pequeño ejército hasta que terminemos nuestra reunión con el Orloj.

Capítulo 4

VISITANDO DE NUEVO A LA MÁQUINA EXACTA DEL TIEMPO

L a voz atronadora siempre resuena:

—Jóvenes magos, han hecho un gran progreso en su búsqueda para convertirse en verdaderos magos,— dice,— pero no quiero detenerlos demasiado, solo díganme, ¿cómo puedo ayudarlos?— dice mientras Thumbpee se sienta en mi hombro y Buggie está flotando en los alrededores.

—Orloj, estás ubicado en el París paralelo,— afirma Checkered.

—Tienes razón, estoy en un lugar que se encuentra entre el París real y el otro,— dice el Orloj.

—Estamos tratando de dar sentido a los seis relojes astrológicos que visitamos y el virtual que habitas actualmente—, continúa Checkered.

—Bueno, eso es para que lo averigüen. No puedo ayudarlos en eso,— dice la máquina de medir el tiempo.

—¿Hay algo que puedas decirnos sobre los seis relojes y tú?— Imperturbable Reddish presiona.

—Todo lo que puedo decirles es que las pistas de la búsqueda de este año se encuentran en sus experiencias con los seis relojes. Presten mucha atención a los puntos en común y las diferencias entre ellos,— dice.

Quedamos inmóviles y pensativos mientras recordamos nuestras visitas a los relojes.

—Una cosa más, jóvenes magos, las cosas están a punto de ponerse mucho más desagradables para ustedes. Estén atentos a los cielos, los techos y las aceras mal iluminadas,— agrega.

Asustados, asimilamos cada una de sus palabras y tratamos de discernir las implicaciones.

—Por cierto, su oponente, el espantoso enano, ha cometido el terrible y prohibido acto de perseguirles cuando están próximos a mí. Me ocuparé de él en breve. Mientras tanto, salgan de la catedral por el extremo opuesto al que entraron. Sin embargo, les advierto: las fuerzas que los amenazan ahora están decididas a hacerlos fracasar, ellas son mucho más poderosas y tortuosas que las que han enfrentado hasta ahora,— advierte antes de marcharse.

Capítulo 5

ENFRENTANDO LA OSCURIDAD, EL MIEDO Y LA DESESPERACIÓN

Caminamos hasta el extremo opuesto de la catedral, pero rápidamente nos damos cuenta de que yendo en esta dirección la pared transparente está dentro de la cámara principal de la iglesia. Los seis lo atravesamos, esperando encontrar un techo a la altura del que encontramos afuera antes. Incorrecto. Estamos cerca del nivel del techo a 200 pies. de altura cuando llegamos al techo de la pared transparente. Como estamos dentro de la pared cerrada nos movemos colgando como murciélagos por nuestras extremidades pegajosas, mientras buscamos el pestillo de una puerta para salir. Una vez más encontramos el pestillo a través de habilidades táctiles de Checkered que desliza sus manos por la superficie. Lo empuja hacia arriba y salimos de la estructura invisible cerrada una vez más. Ahí es cuando escuchamos un grito aterrador. Conmocionados, vemos desde lejos como el enano y una gran cantidad de enanos son succionados corriente arriba dentro de un tornado que gira rápidamente. Vemos pequeñas piernas, brazos y caras que giran a toda velocidad hasta que las perdemos.

—Eso es lo que sucede cuando alguien enoja al Orloj,— digo mientras todos tragamos con fuerza con nuestras gargantas secas por el susto.

—Chicos, tenemos que seguir adelante,— digo poniendo cara valiente.

—Buggie,— dice Greenie llamando a nuestro compañero de vuelo con un tono entrañable.

El molesto zumbido del insecto en el aire batiendo furiosamente sus diminutas alas se hace presente de inmediato.

—¿A dónde debemos ir ahora?— Pregunta Greenie.

Buggie se desplaza hacia adelante y lo seguimos de inmediato. Esta vez salimos de la "Île de la Cité" (la isla de la ciudad) por el extremo opuesto. Luego cruzamos un pequeño puente y giramos a la izquierda en una calle estrecha, su cartel dice: "Quai de Gesrvres". Me doy cuenta de que los diminutos rayos láser verdes de Buggie se dirigen directamente hacia adelante. A lo lejos, vemos la Torre Eiffel iluminada brillando. Entonces sucede: Primero, un solo rayo de luz se dispara directamente hacia el cielo nocturno y el firmamento, seguido rápidamente por un segundo y luego un tercero. Nos quedamos mirando con asombro cuando las columnas de luz gruesas e increíblemente largas cambian de repente para un color diferente.

—Esa es la bandera de mi país,— dice Firee señalando los colores verde, blanco y marrón de la bandera india.

—¡Y eso ahora es mío!— dice Greenie reaccionando a los colores rojo, blanco y verde de la bandera libanesa.

—¡Oauuu, esa es mi bandera!— dice Breezie en un raro signo de emocional al ver el color rojo con un toque de amarillo de la bandera china.

—Sudáfrica pintó en la noche de París,— dice Checkered con orgullo ante la plétora de colores de su bandera en el cielo: negro, dorado, verde, blanco, rojo y azul, todos alineados en el cielo.

—La bandera de mi país, ¡qué alegría!— dice Reddish ante los colores rojo y amarillo de la bandera de su país en el cielo nocturno.

En cuanto a mí, un nudo se forma rápidamente en mi garganta al ver la bandera de Estados Unidos. Apenas puedo articular una palabra y saludo con orgullo los colores rojo, blanco y azul de la bandera estadounidense.

—¡Impresionante!— Digo.

Los potentes rayos ahora se encienden y apagan a medida que cambian de color entre banderas en rápida sucesión.

—La otra ciudad celebra y se regocija con sus presencias, jóvenes magos, estén agradecidos; rara vez reciben a los recién llegados de esta manera, de hecho, para muchos nunca hay una bienvenida,— dice la Sra. V. saliendo de la nada.

Nos volvemos y la buscamos, pero todo lo que vemos es el conjunto de ropas retorcidas, andrajosas y coloridas aleteando mientras zumban por el aire. Solo por un breve momento se detiene como si se pusiera en contacto con nosotros y se asegurara de que hemos notado debidamente su presencia y hemos notado su punto correctamente.

Instintivamente todos asentimos y ella se va en un abrir y cerrar de ojos.

El zumbido de Buggie nos devuelve a la realidad. Se adentra un poco más en una calle amplia y muy elegante donde hay un letrero que dice: "Boulevard Saint-Michel". Su rayo láser verde ahora apunta ligeramente hacia la izquierda.

—Nos está enviando a Les Jardin Du Luxembourg (Los jardines de Luxemburgo),— señala Breezie.

Efectivamente, cuando nos damos la vuelta, una vez más, nuestro insecto volador se ha ido.

Las fuerzas oscuras de las artes ocultas se reúnen en las nubes, listas para atacar y causar estragos y fracasos a los jóvenes magos.

Los rayos sobrealimentados explotan dentro del cúmulo nimbo. La ira reprimida y obsesión por buscar venganza desatan fuertes vientos finalmente listos para atacar, ellos traerán a esos jóvenes irreverentes una avalancha de dificultades y miedo, como nunca antes habían visto.

Muy enérgicos nos dirigimos hacia la dirección prevista. Aún tambaleante miro atrás la Torre Eiffel para disfrutar del espectáculo de luces de nuestras banderas. Ahí es cuando veo una nube oscura, más como un enjambre, acercándose a alta velocidad a la torre iluminada. En cuestión de segundos, la torre y sus rayos de luz se oscurecen y luego se cubren totalmente hasta el punto que ya no puedo verlos. Entonces me doy cuenta de que lo mismo le está sucediendo al edificio adyacente, está avanzando.

—Chicos, vean hacia atrás,— les digo y todos contemplan la nube masiva que avanza rápidamente, oscureciendo los cielos y la ciudad.

—Se dirige hacia nosotros. ¡Corran!— Dice Breezie.

Salimos en estampida por el bulevar Saint-Michael tratando de llegar a los jardines de Luxemburgo pero es en vano, antes de llegar a nuestro destino nos envuelve una densa y negra niebla. Al principios nos agarramos y no nos movemos, luego la visibilidad vuelve lentamente pero es limitada. El aire de la ciudad parece estar impregnado de una cubierta oscura y sucia.

—Thumbpee, te necesitamos,— le digo y en un instante, siento el golpe en mi hombro.

—¿Cómo puedo ayudarlos, chicos?— dice en un tono circunspecto.

—¿Qué pasa?— Pregunto.

—Todo lo que puedo decirles es que la nube enjambre que nos cubrió es en parte un portal que los trajo de regreso al año 1917,— dice.

—¿Por qué ese año? ¿Qué está pasando?— pregunta con nervios Breezie.

—El resto lo tienen que resolver ustedes mismos, ahora, si todos me disculpan me tengo que ir,— dice el hombre diminuto antes de desaparecer en un instante.

—Nunca jamás anuncia su partida,— observo.

—Mucho menos de una manera educada,— agrega Checkered.

—Seguramente significa algo que debemos resolver,— dice Reddish.

—Ciertamente tenía prisa,— dice Greenie.

—Además de lo obvio quería decir dos cosas: en primer lugar su apresurada partida es quizás su forma de alertarnos de que nos enfrentamos a un grave peligro inminente y segunda que no va a poder ayudarnos,— dice Firee con su acertada mente analítica.

Tentativamente comenzamos a caminar en la misma dirección. La visibilidad es quizás de 10 metros. Notamos que las pocas personas con las que nos cruzamos en la calle no solo mantienen la distancia, sino que sus rostros están cubiertos con pesadas bufandas, pañuelos o trozos de tela. A medida que nos encontramos con más y más personas un muy mal presentimiento comienza a acumularse en mi estómago.

—Estamos rodeados de gente enferma,— dice Reddish dejando salir el elefante en el cuarto.

—No todos pero la mayoría,— digo mientras la gente del otro lado de la calle también me reconoce como portadora de una enfermedad.

—Chicos cubran sus caras, no se acerquen a nadie ni toquen nada,— dice Firee.

—¿De dónde se te ocurrió eso?— Pregunta Breezie con desprecio.

—Lo leí. Así fue como el mundo enfrentó a un virus pandémico a principios de la década de 2020,— responde Firee,— por cierto, nosotros podemos permanecer cerca, la idea es distanciar a cualquier otra persona,— agrega.

Conmocionados y con miedo todos encontramos la manera de cubrir la cara con nuestras mochilas. Breezie y Reddish usan bandanas, yo llevo un par de pañuelos muy británicos que mi padre debió haber colado en mi mochila. Le presto el otro a Checkered. Greenie y Firee usan artilugios que yo no puedo o prefiero no averiguar de dónde los sacaron.

Cuando entramos en Los Jardines de Luxemburgo encontramos un caos. Hay innumerables carpas improvisadas por todas partes y filas de personas con dolor esperando entrar, algunas de pie, otras en sillas de ruedas. Todos son sobrepasados por los que traen en camillas; las enfermeras y los médicos entran y salen de los hospitales improvisados.

—Gripe española,— dice Firee.

—¿De qué estás hablando exactamente, Firee?— Pregunto retóricamente.

—Hemos aterrizado en medio de una pandemia que afectó a todo el mundo a partir de 1917, se sabe que empezó en España,— dice Firee.

Oímos toser, gemir y lamentos sin parar.

—Chicos, ¿deberíamos salir de aquí?— Pregunta Greenie.

Todos nos miramos y no sabemos qué hacer.

—Sí, toda la ciudad y la mayoría de las personas están infectadas. Además, nos han desviado aquí por una razón,— dice Checkered.

Caminamos hacia los jardines hasta que nos encontramos con un pequeño contingente de personas de aspecto andrajoso.

—Bienvenidos jóvenes magos, somos sus anfitriones en vuestra visita a los Jardines de Luxembourg.

Sus ropas viejas cuelgan sueltas; sus rostros arrugados lucen totalmente desgastados; a cada uno le falta al menos una extremidad, dientes, ojos, piernas o brazos. Sin embargo, sus ojos son feroces y valientes.

Todos extienden sus manos para saludarnos. Cansados y cautelosos los miramos con ojos perplejos mientras mantenemos la distancia.

—Estamos aquí para guiarles a través de este lugar,— dice el mayor de edad que está vestido de pirata.

Oímos, pero seguimos esperando.

—Hay mucho que aprender sobre lo que sucede a su alrededor,— dice una mujer corpulenta que viste ropa de gitana.

—Oigámoslo entonces,— dice Breezie mientras todos permanecemos a salvo, a distancia.

—Si quiere acompañarnos, con mucho gusto lo haremos,— dice el anciano moviendo el brazo en un arco como gesto de bienvenida.

—No sé, hasta ahora en las tres misiones –incluida esta–, siempre que nos han invitado a algo se ha convertido en un error y un problema.— Añado.

El lenguaje corporal de los anfitriones parece tensarse y con ello también nuestro nivel de cansancio.

'No hay razón para que estén impacientes', todos atienden.

'Lo veo, lo veo', piensa Greenie.

'Hay un búnker transparente y compacto frente a nosotros, nuestros supuestos anfitriones están todos dentro', piensa Checkered.

'Por eso no han hecho ningún esfuerzo por seguir adelante. Quieren que entremos', piensa Breezie, 'estos grupos de gente extravagante seguramente no tienen nada bueno para nosotros'.

'Yo digo que nos volvamos invisibles ahora mismo', lo pienso y lo hacemos.

Cuando ya no nos ven, las miradas amistosas de nuestros falsos anfitriones son rápidamente reemplazadas por pura ira y veneno. En segundos, el búnker y sus ocupantes desaparecen. Ninguno de nosotros toma la iniciativa de volver a ser visible, al menos por el momento.

'No estamos aquí simplemente para una visita', dice Reddish, 'tenemos que preguntarnos por qué estamos aquí'.

'Creo que estamos aquí para ver más allá de lo obvio', dice Firee filosóficamente.

'Explícate, no lo entiendo', dice Greenie.

'Entiendo lo que apunta Firee. Si podemos ver que las personas están infectadas deberíamos poder ver el virus en sí', agrega Firee.

'Pero tenemos que expresar explícitamente nuestro deseo de verlo', agrega Greenie que ahora lo entiende.

Siguiendo su sugerencia, todos expresamos el deseo de ver el virus y el resultado es inmediato.

'Chicos, miren los árboles', dice un Reddish asustado.

Innumerables pares de ojos nos rodean cuyas siluetas son francamente aterradoras. Son figuras horribles de todos los tamaños con colas y formas de gárgolas. No se mueven, pero parecen estar atentos y observarlo todo.

'Pueden estar buscándonos', señala Breezie.

'Si es así, no saben dónde estamos'. Yo digo.

'Volvamos al punto de Firee sobre lo que se espera de nosotros aquí, estoy de acuerdo con él que esto no es un recorrido turístico', agrego. 'El mal, el dolor y el sufrimiento están presentes en un solo lugar', observo.

'¿Qué pasa con la ayuda?' pregunta Checkered, '¿Qué pasa si todo el ejercicio es sobre nosotros preguntando cómo podemos ser de ayuda?'.

La comprensión nos golpea a todos al mismo tiempo, estamos rodeados por una ciudad infestada de un virus mortal.

'Pero, ¿cómo podemos ayudar?' pregunta un Greenie ansioso. 'Pidamos ayuda nosotros mismos. Thumpbee te necesitamos, pero solo si tienes la capacidad de ser invisible y hablar a través de pensamientos', suplica.

No pasa mucho tiempo para que la especie de hombre, ahora invisible para los demás, se siente en mi hombro.

'Por supuesto que sí, Greenie, ¿no soy un mago después de todo?' piensa en voz alta para que todos nosotros escuchemos, 'Jóvenes magos, ustedes saben muy bien que no puedo ayudarlos a resolver esta situación', reflexiona.

'Lo entendemos muy bien', digo.

Thumpbee asiente aparentemente satisfecho con mis palabras y justo cuando estamos resignados a que se desvanezca, el hombre diminuto nos sorprende.

'Pero reconozco que la pregunta que están planteando es diferente. ¿Cómo puedes ayudar? Esa es una pregunta interesante. Ciertamente noble, altruista y de buen corazón. Pero las palabras no bastan. ¿Qué tal si ayudan a deshacerse del virus a esta ciudad?' Reflexiona mientras luce una gran sonrisa.

'¿Pero cómo?' pregunta Reddish.

'Nuevamente, jóvenes magos, eso es para que ustedes lo resuelvan', piensa nuestra especie de hombre antes de desaparecer una vez más.

A medida que avanzamos por los Jardines de Luxemburgo, el caos y el sufrimiento de la pandemia son insoportables y nos golpean aún más. Parece que nos movemos a través de campos de minas mientras evitamos las formas rojas flotantes del virus. Ellos parecen estar en todas partes. En los árboles, las playas, el suelo, la hierba. Luego, de la boca de las personas cuando hablan o tosen vemos que las diminutas nubes llenas de partículas rojas son expulsadas y esparcidas por el aire. ¡Estamos rodeados de partículas mortales! A medida que nos acercamos al centro del parque, el aire y nuestros alrededores están más contaminados por lo que usamos nuestros poderes para crear el escudo invisible en forma de cúpula.

'¿No podrían todas estas partículas ser absorbidas por un vacío gigante?' piensa Breezie lo que a primera vista parece ser una idea grandiosa y loca.

Todos lo miramos con incredulidad hasta que de la nada su idea desencadena otra en mí.

'¡Lo tengo! Usaremos la magia para crear o conjurar un hechizo que absorba todas las partículas', digo abriendo una Caja de Pandora.

Los otros cinco ahora me miran con sus ojos brillando de emoción. Todos sabemos que se ha abierto una nueva puerta para que comencemos a jugar y explorar nuestros poderes. Decido presionar el tema.

'Thumbpee, ¿cómo creamos un hechizo?' Invoco la presencia de nuestro guía y acompañante.

Por extraño que parezca, no pasa nada. Por primera vez desde que lo conocimos, el hombre diminuto no aparece.

Pensamos que hemos cruzado la línea y que él no puede ayudarnos, al principio estamos decepcionados y luego preocupados. Pero justo cuando estamos a punto de renunciar a él nos espera una gran sorpresa.

—Jóvenes magos, qué maravilloso viaje de descubrimiento están experimentando. Estoy encantado con sus progresos,— dice nuestra dulce y abuela mentora, la anticuaria de libros Lucrecia van Egmond,— todos han llegado a un punto crucial en su búsqueda de la verdadera hechicería. Para poder crear un hechizo, su primer hechizo debería decir, necesitan la ayuda de uno de sus mentores, en este caso yo,— agrega,— vámonos a mi tienda, ¿de acuerdo?

Luego, como de costumbre, la Sra. van Egmond crea un portal con el movimiento de su mano derecha y todos lo atravesamos ansiosos detrás de ella. Al salir nos enfrentamos al Jardín de Luxemburgo desde lejos. Estamos parados en una calle elegante, el letrero dice: Rue Du Vaugirard. Aunque con menos densidad que en los jardines, el aire y nuestro entorno todavía están densamente poblados con las partículas rojas del virus. Seguimos a nuestra mentora y después de una corta caminata chocamos con un vasto edificio Luis XIII. Tiene una placa: Instituto Pasteur.

Instituto Pasteur
(Souscription Publique 1888).

—Jóvenes magos, el tipo de hechizo que quieren construir requiere un propósito noble. Como corresponde, para la misión de este año, mi tienda itinerante se encuentra en este instituto que ha jugado un papel tan crucial en la salud de la humanidad. El Instituto Pasteur fue creado a partir del éxito de la campaña de vacunación contra la rabia. A lo largo de los años, ha contribuido enormemente al mundo en las áreas de biología, microorganismos, enfermedades y vacunas. Se llama así en honor a Louis Pasteur (1822-1895), el eminente químico francés y bacteriólogo que descubrió los principios de la vacunación y la fermentación microbiana, así como las vacunas contra la rabia y el ántrax.

Conocer las grandes hazañas de Messier Pasteur y su instituto para combatir las enfermedades nos coloca en el estado de ánimo adecuado.

Nuestra mentora nos lleva al costado del edificio principal y nos sorprende gratamente una vez más. El letrero dice:

"Anticuario de Van Egmond"
(Est. Tan antigua como esta ciudad).

A continuación, entramos en la tienda perfectamente organizada sabiendo qué esperar. Justo encima de la misma mesa central están las habituales galletas de mantequilla y leche y este año también hay comida, por lo que todos atravesamos como tigres hambrientos en un par de minutos.

—Veamos. La construcción de un hechizo no es un evento cotidiano. Existen hechizos para cada deseo imaginable que tenga un mago, esos que tendrán que aprender y memorizar para saber qué invocar y cuándo,— dice la Sra. van Egmond.

Ella hojea un libro enorme sin dejar su disertación sobre hechizos.

—Un mago legítimo debería poder crear un hechizo en un breve momento,— continúa.— Lo primero que debe hacer es visualizar con gran detalle qué es lo que desea y luego buscar las palabras clave que mejor expresen su deseo.

—¿Palabras en latín?— Pregunto.

—Sí, ese es el lenguaje universal para hechizos y conjuros. Aunque se puede encontrar, según el mago o la bruja, todo tipo de dialectos y lenguas muertas, pero el consenso histórico es un latín vulgar. Entonces, se trata más que el hechizo suene en latín a que sea el idioma per se, entonces, ¿quieren aspirar el virus?— Pregunta.

—¡Sí!— Respondo con confianza.

—Muy bien, entonces, Firee busca el verbo "aspirar" en el libro de hechizos,— dice la Sra. van Egmond.

—"Haustri"— responde Firee.

—Ahora busca las palabras pandemia y virus,— pregunta.

—"Pandemus, virum" —responde Firee.

—Busca la palabra ciudad,— pregunta.

—"Urbi"— dice Firee.

La Sra. Van Egmond piensa durante un par de segundos y luego continúa.

—Si el hechizo no se construye correctamente o está incompleto puede que no funcione en absoluto o cause consecuencias no deseadas,— dice.

Hipnotizados, absorbemos cada palabra y cada gesto de nuestra entrañable mentora.

—Jóvenes magos ahora prueben cualquier combinación de las palabras clave de Firee,— dice la Sra. van Egmond.

—Antes de comenzar, quiero mostrarles la forma correcta de formular un hechizo si no están seguro de que va a funcionar o si es lo que desean. En primer lugar, cuando no estén seguros, nunca lancen el hechizo de inmediato, construyan las palabras correctas sin expresar el deseo que tienen; cuando hagan esto, las palabras que seleccionen formarán una frase que flotará frente a sus ojos. En ese punto, describirán, sin expresar el deseo, para qué se supone que es el hechizo. Si el hechizo funciona, permanecerá en el aire flotando y parpadeando frente a ustedes. Si, por otro lado, el hechizo es incorrecto, una vez que describas para qué sirve las letras flotantes desaparecerán,— dice el Sr. Van Egmond.

111

—Urbe haustri,— intenta Firee pero todas las letras desaparecen.

—Urbe haustri virum,— Greenie intenta pero también falla.

El resto de nosotros obtenemos el mismo resultado cuando lo intentamos.

—Quizás, debido a que es un compromiso tan masivo, debemos enfatizar nuestro deseo como parte del hechizo,— digo, pero todos me miran con miradas perdidas.

Nadie lo entiende. Los ignoro y decidido a hojear el libro de hechizos hasta encontrarlo.

—Desideratum, es la palabra para deseo en latín,— les digo,— Pruébalo ahora Checkers.

—Desideratum urbe pandemus virum haustri,— dice y para nuestro asombro total las palabras permanecen flotando frente a nosotros.

—Felicitaciones, ahora es el momento de poner tu nuevo hechizo a trabajar,— dice la Sra. van Egmond.

Caminamos hacia la parte trasera de su tienda y salimos detrás de ella a través del portal habitual. Es una sorpresa total cuando nos encontramos de pie junto con nuestra abuela mentora en una espesa nube blanca sobre la ciudad de París. Somos lo suficientemente altos como para ver la ciudad de un extremo a otro.

—¡Diganlo! Diganlo todos al unísono,— nos pide de repente la Sra. van Egmond.

Inmediatamente tomo la iniciativa a la cuenta de tres:

—¡UNO, DOS, TRES!

—Desideratum urbe pandemus virum haustri,— exclamamos los seis juntos.

Primero, escuchamos un estruendo y luego vemos que el viento se levanta a gran velocidad y comienza a girar y girar. A continuación, se forma un tubo gigante hecho de viento circulante de alta velocidad justo frente a nosotros. La forma cilíndrica es enormemente ancha y apunta verticalmente sobre París a baja altura. El viento de repente coge aún más velocidad, ahí es cuando vemos cómo la nube oscura que cubre la ciudad se aspira a una velocidad vertiginosa. Nuestra nube flotante desciende aún más cerca del nivel del suelo; En ese momento, somos testigos de primera mano de cómo las diminutas partículas rojas del virus son succionadas, tanto las que están en las superficies como las que flotan en el aire. La vista final y quizás la más sorprendente es cuando las partículas rojas del virus salen de la boca y la nariz mientras cada individuo las expulsa. Todo continúa por lo que parece una eternidad y finalmente el viento termina de aspirar lo que queda y se desvanece.

Casi instantáneamente, la Sra. van Egmond atraviesa el portal y seguimos su ejemplo.

De vuelta en su librería nos contempla con ojos benignos.

—¿Cómo se sienten con el primer hechizo?— Pregunta con placer.

—Increíble,— dice Firee, y todos asienten con la cabeza.

—Bueno, bueno, bueno; no podría estar más orgullosa de cada uno de ustedes,— dice caminando por el piso, —sin embargo, todavía tenemos una cosa más que cubrir. Aquí hay una lectura que se ajusta a las circunstancias,— dice la Sra. Van. Egmond y comienza a leer...

"Juntos para siempre, todos para uno y uno para todos"

Estamos todos juntos en esto,
somos por siempre todos para uno y uno para todos.
Lo vamos a lograr,
físicamente distantes

pero tan cerca unos de otros
como nunca antes.
Vamos a lograrlo,
juntos, como siempre, todos como uno solo.
Se esparce silenciosamente ...
intentando despiadadamente socavar nuestra Sociedad,
amenazando con destruir fulminantemente
la forma en como vivimos
tal como la conocemos.

Hay solo un problema para que gane el virus,
¡NOSOTROS!
Tiene que derribarnos primero,
pero eso no puede o no sucederá,
¡ni siquiera es una opción!
Por mí, por ti, él, ella, ellos,
¡Por todos nosotros!
Obstinadamente a través de grandes sacrificios,
resilientes y duraderos,
simplemente no estamos dejando
que la enfermedad crezca exponencialmente
a nuestro alrededor.
Verás...
Además de tus sacrificios y los nuestros,
Tan importantes...
Algunos de nosotros hacemos milagros por minuto
Algunos de nosotros somos guerreros intrépidos,
atacando implacablemente de frente
un insidioso enemigo.

Nuestros HÉROES anónimos,
los honramos y saludamos,

les estaremos eternamente agradecidos,
ante ustedes seremos siempre humildes,
y por siempre nos servirán de ejemplo e inspiración.

Ustedes lo son y lo hacen todo,
Siempre están EN CUALQUIER LUGAR
donde se les necesita,
Hacen acto de presencia
DE CUALQUIER MANERA como les sea requerido,
No fallan EN NINGUN MOMENTO que se les solicite,
SIEMPRE ESTÁN DONDE deben estar.
Trabajando durante el día
Trabajando a través de la noche,
todos dependemos de ustedes,
y lo hacemos con los ojos cerrados,
confiando sin freno y fe ciega.
Ustedes se exponen incesantemente al peligro,
sacrificándolo todo por el bien común,
ustedes pierden a algunos de nosotros
pero salvan la vida a muchos, muchos más.
Ustedes iluminan y nos guían
a través de esta tormenta biológica,
para que nuestra raza indomable venza la enfermedad,
deteniendo la marcha de la naturaleza en sus raíces.
Ustedes devuelven la vida a nuestras abuelitas,
preservan al abuelo para que lo disfrutemos,
además rescatan y salvan:
a nuestras madres y padres, a nuestros hijos e hijas,
a nuestras tías y tíos,
nuestras sobrinas, sobrinos, primos, amigos y vecinos.
Nos devuelven a todos
desde las Fauces mismas de la Muerte.
Mientras tanto luchamos y enfrentamos a la pandemia,

mientras tanto trabajamos y nos esforzamos
mas aun enfrentándola,
rechazándola a través de esfuerzos sin tregua
cuyo único objetivo es el no dejar crecer el virus,
y finalmente derrotarlo;
Todos juntos estamos defendiendo a la raza humana
con un solo objetivo en mente;
El que nunca, nunca jamás
Nos daremos por vencidos
ni abandonaremos, ni renunciaremos
a esta preciosa, magnifica e irremplazable Vida
de la que todos disfrutamos.
Se esparce silenciosamente ...
tratando de socavar nuestra Sociedad,
¡Pero no puede triunfar; nunca ganará!
Tiene que derribarnos primero, pero eso no puede suceder;
Ni siquiera es una opción, simplemente porque
¡No dejaremos que suceda, no dejaremos que sea!
Esta abominable infección es de hecho
una oportunidad existencial,
Dónde,
Nos Amamos y Protegemos,
Somos cariñosos y amables,
Abrimos y compartimos nuestros corazones,
Damos sin pedir nada a cambio,
Como nunca antes disfrutamos, compartimos
y nos divertimos en compañía de otros,
nos comunicamos
y nos divertimos juntos mejor que nunca,
Y gracias a las infortunadas circunstancias, de repente,
Somos infinitamente más agradecidos
de todos y todo lo que nos rodea.

Adicionalmente,
Aprendemos cosas nuevas acerca
de nosotros mismos y los demás,
especialmente en temas importantes echados al olvido,
tales como:
La Cercanía, La Intimidad, La Empatía,
La importancia de los pequeños detalles en la vida,
del estar conscientes de que estamos vivos,
así como despertar de un mundo conveniente y cómodo.
y así descubrir el precioso botín
del estar conscientes de que estamos vivos,
Aprendemos cómo
conquistar la rutina, el aburrimiento
y la Ausencia de Objetivo y propósito en la vida.
Asimismo al estar juntos
compensamos por el tiempo perdido
y las separaciones,
Además aprendemos a usarlo mejor.
Finalmente entendemos lo que significa
"Ahorrar para un día de lluvia".
Y a través de todo,
Volvemos a visitarnos, reconectándonos,
reuniéndonos, reencontrándonos;
además entrenamos, aprendemos,
repensamos, rehacemos,
retomamos, reiniciamos, replantamos,
Reintentamos, Reintentamos y Reintentamos,
refinamos y Reimaginamos;
en otras palabras,
Construimos la oportunidad de reiniciar la vida de nuevo.
Estamos todos juntos en esto,
Vamos a lograrlo todos juntos,

Juntos para siempre, como uno solo
Todos para uno y uno para todos.

—Firee, ¿cuál es la lección más importante que has aprendido de esta experiencia?— Pregunta la Sra. van Egmond abriendo la discusión.

—No podemos dar nada por sentado en la vida,— responde.

—Greenie, ¿algo que quieras agregar?— Pregunta nuestra mentora.

—Las cosas en la vida pueden cambiar rápidamente de grandiosas a lo peor,— responde rápidamente.

—Breezie, ¿cuál es tu opinión hoy?— Sra. van Egmond pregunta.

—Todos estamos conectados unos con otros, la pandemia me mostró que ser parte de la sociedad significa que todos somos interdependientes y siempre debemos preguntarnos cómo podemos contribuir al bien común de todos,— responde.

—Y tú, Reddish, ¿qué puedes agregar?— Pregunta nuestra entrañable librera.

—Me inspiraron principalmente los médicos y enfermeras que vi trabajando incansablemente mientras estaba rodeada de la enfermedad,— dice.

—¿Y Checkered?— Pregunta la Sra. van Egmond.

Hay una pausa mientras nuestra compañera está atrapada en sus pensamientos.

—A veces la felicidad nos abandona totalmente en la vida,— dice.

—¿Qué te pasó querida?— Pregunta una curiosa Sra. van Egmond.

—Normalmente ganamos o felices como consecuencia de las formas en que decidimos vivir y valorar la vida. Pero cuando ocurre una tragedia o adversidad, nuestras posibilidades de felicidad se desvanecen,— agrega Checkered.

—Y entonces te rindes. ¿Cualquier oportunidad de ser feliz se pierde irremediablemente?— Pregunta la Sra. van Egmond.

"No, no, no. Absolutamente no. Ser testigo de la pandemia hoy me hizo darme cuenta de que frente a la adversidad o la tragedia, luchamos. Sí, tenemos que luchar por la felicidad. Si no lo hacemos la felicidad no nos llegará. . Tenemos que ir, buscar y luchar por ello. Tenemos que hacer que suceda a pesar de las circunstancias. Por eso, en esos momentos terribles, no nos rendimos, al contrario, vamos y luchamos por ello,— razona a Checkered.

Los ojos de la Sra. van Egmond brillan y están llenos de asombro cuando se dirige a mí.

—Blunt, ¿cuál ha sido el elemento esencial en tu experiencia de hoy?— Me pregunta.

—Desinterés, Sra. van Egmond. Lo presenciamos con creces en el parque con todos los trabajadores de primera línea,— digo.

—Y todos ustedes lo demostraron también cuando los seis se dieron cuenta de lo que se esperaba de ustedes y preguntaron ¿cómo podrían ser de ayuda? Luego fueron y lo pusieron en práctica con acciones concretas,— dice con cara de orgullo.

—Jóvenes magos, no podría estar más orgullosa de cada uno de ustedes, le doy mis mejores deseos para el resto de su viaje,— dice antes de desvanecerse con una gran sonrisa.

Nos quedamos parados en la acera de una calle conocida. El letrero dice: Rue De Rivoli. A lo lejos, vemos el sol despuntarse. Es el comienzo de un nuevo día.

—¿Por qué estamos de vuelta aquí?— Pregunto.

Justo frente a nosotros está el Museo del Louvre.

—Es hora de llamar a nuestros guías ... Thumbpee, Buggie, ¿pueden mostrarse, por favor,— dice un exuberante Greenie.

En un instante, el hombre minúsculo se materializa como de costumbre encima de mi hombro y el pequeño insecto volador se cierne a nuestro lado.

— Thumbpee, ¿tenemos que rogarte cada vez por nuestro nuevo poder?— pregunta un Reddish sarcástico.

—No, tienes que preguntar realmente si te lo has ganado,— responde el especie de hombre.

—¿Lo hicimos?— Presiona.

—Con gran éxito según la Sra. van Egmond,— dice creando suspenso.

—Ustedes ahora tienen la capacidad de conectar los puntos,— dice crípticamente.

¡Y antes de que cualquiera de nosotros pueda reaccionar, se ha ido! Todos nos quedamos sorprendidos con las miradas en blanco. Durante un tiempo no hacemos nada.

—Buggie, abre el camino por favor,— dice Breezie finalmente reaccionando.

Nuestro insecto volador de confianza apunta su diminuto rayo láser verde hacia el otro lado de la calle. Cruzamos la calle siguiéndolo y luego gira a la derecha. Ahora caminamos por la Rue de Rohan, seguida por la Rue de l'Opera, y finalmente un giro a la derecha en la Rue de Richelieu.

—Delante de nosotros tenemos el Palais Royale (El Palacio Real) y justo al lado está la Biblioteque Nationale,— dice Greenie.

Capítulo 6

DESCIFRANDO LAS PISTAS

M ientras caminamos frente al magnífico palacio, Buggie sigue avanzando. Poco después nos encontramos frente a la Biblioteque National.

—Originalmente diseñada por Henri Labrouste, en 1875 Jean-Louis Pascal la amplió con una escalera y la sala ovalada. Atesora libros de todas las edades y de todo el mundo.

Como de costumbre, en un abrir y cerrar de ojos, Buggie ¡desaparece!

Entramos en el emblemático edificio. Unas nuevas y familiares cortinas de colores cruzan el atrio de la biblioteca girando, mientras nos llega la voz ahora familiar y reconfortante.

—Jóvenes magos usen sus libros de magia y estudien los seis relojes que visitaron. Solo tienen es conectar los puntos,— dice la Sra. V. atravesando por todo el pasillo.— ¡Buena suerte!— agrega y desaparece con sus andrajosos remolinos de colores.

Tan pronto como ella se va, toda la biblioteca se transforma justo en frente de nosotros. Ahora todo el espacio frente a nosotros está dividido en seis secciones con miles de libros cada una. Los títulos de cada uno parpadean y son muy visibles:

-Rouen,

-Lyon,

-Besançon,

-Estrasburgo,

-Beauvais,

-Ploermel,

—¿Por dónde empezar?— Dice Greenie abrumado.

—Vamos a trabajar. Esos libros al fondo serán útiles para cualquier información adicional que podamos necesitar,— dice Firee mostrando su experiencia de gusano de libros,— saquen sus tabletas para que nuestros seis libros estén disponibles.

—¿Que se supone que hagamos?— pregunta Reddish.

—Necesitamos encontrar los vínculos entre los seis relojes astrológicos,— dice Checkered.

—¿Cuál es el propósito de hacer esto?— pregunta Breezie abruptamente.

—Pistas, Breezie. Nuestras visitas a los relojes no fueron para buscar un portal, sino el libro antiguo que nos llevó a cada uno de nosotros al Orloj. Pero el Sr. Kraus solo se volvió accesible cuando completamos las visitas a todos y cada uno de los relojes, así que lo que aprendimos en estas visitas no tuvo nada que ver con poder llegar al Orloj. Toda la información que aprendimos no fue por accidente aunque tenía un propósito. Ahora tenemos que descifrar cuáles son las pistas que contienen ya que las necesitaremos para nuestros desafíos finales,— digo y todos inmediatamente asienten con la cabeza.

—¿Alguien tomó notas sobre lo que aprendimos sobre cada reloj?— pregunta Firee.

Todos lo hicimos de una forma u otra en nuestras tabletas, por lo que cada uno de nosotros las envía a la tableta de Firee. quien las consolida rápidamente en un solo documento y nos la reenvía.

—Digo que nos dividamos en tres grupos de dos: el grupo uno se enfoca en los hechos clave; tanto las características históricas como en cada reloj, incluido el año en que se construyó, quién lo construyó, sus dimensiones, diales, etc., el grupo dos establece la relación entre los seis relojes y nuestros seis libros y el grupo tres se centra en los vínculos entre los seis relojes,— dice Checkered, que presenta un plan de acción que todos aceptamos en el acto.

Pronto los tres grupos se enfocan en sus tareas individuales. Hojean los libros de magia, las notas y la inmensa biblioteca que tenemos a nuestra disposición.

—Amigos, no se compliquen, la idea es resumir y simplificar las cosas,— dice Firee, y todo el mundo entiende lo que dice, al menos lo suficiente.

Pasa una hora y está claro que todo el mundo está saturado y un poco frustrado.

—Chicos, es hora de contrastar y compartir nuestros hallazgos, ¿quién quiere empezar?

—Vamos a formular nuestras conclusiones en forma de pistas,— dice Checkered.— Nuestra tarea consistía en encontrar vínculos entre los seis relojes y nuestros seis libros de magia. Para tener éxito en nuestro desafío final, necesitaremos fe, esperanza y caridad en el momento adecuado,— dice Checkered.

—Adicionalmente, enfrentaremos los tres destinos que determinan el rumbo de la vida humana,— agrego complementándola.

—¿Cómo surgieron esas dos pistas?— pregunta un Greenie siempre con curiosidad.

—Encontramos los temas tanto en los libros como en los relojes. No sabemos de qué manera se nos presentarán, sólo que cada uno de ellos será parte de un desafío,— dice Checkered.

—Al estudiar los hechos y características clave de cada reloj, llegamos a la conclusión.—dice Firee— Habrá figuras de autómatas, un gallo dorado hecho de cobre, hierro y madera.

—Astrolabios planetarios, óculos y orneriers jugarán un papel en nuestra búsqueda,— dice Greenie.

—Nos centramos en la singularidad de las especificaciones y características de los relojes. Llegamos a la misma conclusión de Checkered y Blunt; estos elementos estarán presentes de una forma u otra en nuestro conjunto final de desafíos en el Tour de Eiffel,— concluye Firee. .

—Muchos de los espíritus de los fabricantes de relojes están inquietos y han permanecido vengativos durante siglos,— dice Breezie.

—Solo los Temperatores (los encargados del reloj) resolverán los conflictos que tenemos por delante,— dice Reddish,— al analizar los vínculos comunes entre los relojes, encontramos un par de temas similares en varios de ellos: los rumores sobre los fabricantes de relojes originales que buscaban venganza de aquellos que reconstruyeron sus relojes originales y Temperatores que los mantuvieron a raya mientras miraban los relojes,— agrega Reddish.

En el momento en que termina nuestra compañera ibérica escuchamos las carcajadas y los aplausos.

—¡Bravo!— dice nuestra excéntrica mentora y anticuaria de libros Paulina Tetrikus.

Lleva su habitual vestido rojo y su rostro normalmente circunspecto brilla hoy de alegría.

—Síganme, por favor, jóvenes magos,— dice.

Emocionados la seguimos a través de las estanterías interminables de la Biblioteca Nacional de Francia y al final vemos la fachada de su librería ambulante de antigüedades, el letrero dice:

"Libros antiguos de Tetrikus para el espíritu y el alma" (est. tan antigua como esta ciudad).

Entramos en el enorme facsímil de un anfiteatro, decorado como un escenario "antiguo" con gruesas cortinas de terciopelo rojo y un viejo piso de madera. Hay estanterías por todas partes.

—Acaban de conectar los puntos de su viaje a los seis relojes maravillosamente. Los estoy esperando hace un tiempo y me temo que se les acabará el tiempo si no aceleran el ritmo,— dice mientras camina hacia su escritorio y levanta un pesado libro encuadernado en cuero.

—Aquí hay unos garabatos que complementarán bien lo que han experimentado hoy,— dice justo antes de comenzar a leer.

"El titiritero y el joven inquisitivo"

Mientras el titiritero halaba de los hilos
con habilidad y arte
las marionetas hacían reír a la audiencia
-especialmente a los niños.
En cada uno de sus movimientos
permaneció escondido
detrás del pequeño y cuadrado escenario.
A través de los talentos vocales del titiritero
los personajes animados y nerviosos
se atacaban unos a otros;
discutían, cantaban, reían, gritaban, maldecían

y hablaban con voz alta -en falsetto-.
Al final,
las figuras luchadoras siempre cautivaban a su audiencia,
causando alegría y deleite en las pequeñas multitudes
que se reunían todos los días para asistir al espectáculo.
El maestro titiritero viaja como un gitano
en un itinerario sin fin
presentando su espectáculo en pequeñas plazas,
a través de la acogedora costa griega
en pueblos de pescadores,
a lo largo del mar Jónico.
La arquitectura blanca en su mayoría
contrasta armónicamente
con una cornucopia de colores folclóricos;
las terrazas, balcones, azoteas, aceras
y gloriosas macetas repletas de flores
pintan con aire de deliciosa alegría todo a su alrededor.
El acto del titiritero
es toda una tradición en la costa jónica
y al estar lleno de alegría es una distracción
que resuena en cada rincón Mediterráneo
y en las audiencias agradecidas con su espectáculo.
Una tarde en particular
mientras terminaba el espectáculo,
un joven esperaba pacientemente
que el viejo titiritero terminará su función.
"Titiritero, Titiritero,
tu espectáculo me hace realmente feliz",
dijo el joven mientras el artista soltaba sus accesorios.
"Muchas gracias, tus palabras son muy amables",
respondió el artista callejero.
"Señor, me preguntaba

¿cuánto control tienes sobre tus marionetas?"
"Esa es una pregunta muy perspicaz, joven.
Pero dime,
¿qué te impulsa a interrogarme de esa manera?"
"Bueno, me parece que
aunque muevas todos sus hilos
para que tus marionetas cobren vida;
una vez que tu hábil maniobra las pone en marcha,
parecen tener una vida propia.
Incluso sus voces parecieran trascenderte.
Es como si a través de tu acto,
múltiple personalidades, caracteres,
emergen y se separan de ti".
En el trasfondo,
de una conversación cada vez mas profunda,
yacen las figuras inertes con sus hilos desparramados;
sus animados y coloridos atuendos
revolotean con la suave brisa del mar.
Por lo que parece una eternidad
el titiritero observa al joven con ojos perplejos
pero respetuosos.
"Permíteme compartir contigo
lo que sucede detrás del escenario.
Como en la vida,
deliberadamente,
conscientemente o no;
Nosotros, tu, yo, ellos
siempre estamos moviendo algunos de los hilos".
"Pero lo que buscamos o pretendemos controlar
nunca funciona exactamente como queremos
o esperamos que sea", comenta el joven inquisitivo.
"Tienes razón,

a veces las cosas adoptan una vida propia
y ese es ciertamente mi caso",
dice el titiritero.
"¿No te sientes incómodo
por no tener el control del espectáculo
y los hilos que mueves?"
pregunta el joven.
"No, no lo estoy,
así es como todo funciona y fluye en la vida,
tiramos pero no somos los hilos;
las dirigimos y las conducimos,
pero no somos las marionetas;
escribimos y ensayamos;
ajustamos, corregimos y arreglamos,
una y otra vez,
sin embargo, no somos la actuación
o el acto en sí", reflexiona el diestro artista.
Luego continúa:
"Cuando es la hora del espectáculo,
el artista, el creador y el maestro de cuerdas,
se vuelven secundarios a los títeres y marionetas;
Esas figuras rebeldes y caóticas
son las que cobran vida y se roban el espectáculo",
agrega el intérprete itinerante.
"Entonces es cierto,
durante el acto las marionetas están realmente vivas",
dice el joven inquisitivo.
"¡En cierto sentido, sí!
Al menos así es como tú lo percibes.
Eso es lo que crees".
"Sin embargo, de cara al público
pareciera que un titiritero como yo,

controla todas las cuerdas y marionetas;
Sin embargo, tal como en la vida,
Eso es solo parcialmente cierto;
de hecho, a veces yo mismo soy el títere o la marioneta;
Más allá,
dependiendo de cómo lo miremos,
de alguna manera,
una vez que comienza el espectáculo,
Apenas tengo control
al menos hasta el final", dice el titiritero.
"¿Y qué pasa cuando se acaba?
¿Recuperas el control?",
pregunta el joven interrogador.
"Sí, pero sólo de objetos y accesorios inertes y sin vida;
Sin el show, los actores, el público y la actuación,
la magia simplemente ¡se acaba!",
dice el sabio artista, y luego agrega:
"Como titiritero,
Yo ejerzo el control y tiro de los hilos
mientras dejo que los títeres que manipulo
sean sus propios personajes.
Y eso es exactamente como funciona la vida,
no controlamos nada ni nadie más que a nosotros.
Difícilmente podemos guiar, dirigir,
mucho menos controlar a los demás.
La vida es como un espectáculo de marionetas
con vida propia al que apenas podemos controlar".

—Hicieron una tarea difícil con la actitud correcta y grandes habilidades organizativas. Los felicito por ello,— dice con una sonrisa de orgullo en su rostro nuestra mentora.— Ahora, dígame, ¿de qué manera la fábula que les acabo de leer se relaciona con su experiencia al descifrar las pistas en la Biblioteque Nationale?— Pregunta.

—En todos los sentidos, Sra. Tetrikus, van de la mano, digo.

—¿Por qué?— Dice la anticuaria de libros.

—Se trata de ser humilde. Ante las dificultades, adversidad u obstáculos, los afrontamos con determinación y sin creer que tenemos el control del resultado y mucho menos pensando que lo sabemos todo,— agrego.

—¿Qué otra cosa?— La Sra. Tetrikus presiona.

—Tenemos que lograr el resultado y en el proceso tenemos mucho que aprender,— dice Checkered interviniendo.

—Y toda esta experiencia que han adquirido descifrando las pistas y al escuchar la fábula del titiritero ¿les ha mostrado los peligros de qué?— pregunta nuestra mentora de confianza.

—De la arrogancia, Sra. Tetrikus. Qué tonto, incluso peligroso es no entender o incluso absorber bien la fábula que nos acaba de leer,— le digo.

—Debo decir que estoy muy orgullosa de cada uno de ustedes. Permanezcan igualmente concentrados y tendrán éxito en su búsqueda—, dice Paulina Tetrikus antes de desaparecer en un instante.

Capítulo 7

CITA CON EL HOMBRE
CORPULENTO Y REDONDO
UNA VEZ MÁS

D e repente nos encontramos fuera de la Biblioteque Nationale en una gloriosa mañana parisina.

Para ser cautelosos nos volvemos invisibles y acordamos visitar al Orloj. Apuntamos a la Catedral de Notre-Dame como nuestro destino. Checkered resulta ser quien en la actualidad tiene el poder de crear el portal. Cruzamos ansiosos la puerta de aire borroso esperando encontrarnos con el Orloj.

Salimos justo en frente de Notre-Dame y nos dirigimos inmediatamente hacia la parte trasera y la pared transparente que protege el antiguo reloj astrológico.

—Jóvenes magos, ¡qué placer! No es que lo necesite, pero todos pueden volverse visibles ahora,— nos dice con su voz atronadora el hombre corpulento de rostro redondo y bigote retorcido. Con una gran sonrisa, está sentado en una pequeña cafetería al otro lado de la calle.

Gratamente sorprendidos, nos damos la vuelta y nos unimos a él.

—¿Cómo te encontramos dentro de una ciudad donde no hay reloj astrológico?— Pregunto.

—Los mecanismos de mi reloj permanecen detrás de la pared transparente, pero mientras estoy en mi forma humana, no tengo limitaciones durante el día.— Dice de buen humor.

Tiramos de unas sillas y todos nos sentamos a su alrededor.

—¿Cómo puedo ayudarles hoy?— Pregunta.

Nos miramos con complicidad.

—Orloj, vinimos en busca sus comentarios,— dice Reddish.

—¿Sobre?— La máquina del tiempo exacto pregunta jugando a la timidez.

—Nuestros encuentros con la Sra. Egmond sobre la virtud del desinterés y con Paulina Tetrikus sobre el defecto de la arrogancia,— dice Checkered.

—Ya veo,— dice pensativo.

Pasan unos segundos mientras nos mira.

—Su ejecución ha sido impecable. Mi consejo en el futuro es que no confíen demasiado ni apresuren sus decisiones ya que todavía tienen obstáculos importantes por superar,— dice.

—¿Nos sugiere que hagamos algo de manera diferente?— Pregunta Greenie.

—No. Mis palabras son sólo de precaución. Mantengan la concentración y estén alertas. No bajes la guardia,— dice el reloj antiguo mientras se levanta, se despide con una media sonrisa y se aleja hacia la catedral con pasos cortos y saltarines.

Separarse del Orloj se siente incómodo y, como de costumbre, sentimos que su presencia nos ha dejado con las manos vacías.

—Fue intencionalmente vago,— observa Firee.

—Creo que tuvo que ver con abstenerse de elogiarnos demasiado. Se podía sentir que él quería pero no quería que nos sintiéramos demasiado confiados,— digo.

Todavía sentados en la mesa de la cafetería, la exuberancia de Greenie nos saca del trance.

—Thumpbee, Buggie... Los necesitamos a los dos, dice y en un instante ambos se hacen presentes.

—Te olvidaste de nuestro poder,— dice Greenie burlándose de Thumbpee.

—No, no lo hice. Una vez más, nunca es seguro que te lo hayas ganado y tienes que buscarlo, por eso llámame,— dice el hombre diminuto y luego hace una pausa.

—¿Entonces?— Greenie presiona.

—Recibí grandes elogios por su desempeño esta vez de la Sra. Tetrikus. Por lo tanto, han ganado sus nuevos poderes: ahora todos tienen la capacidad de lidiar con la duda y obtener resultados positivos a partir de la incertidumbre,— dice la especie de hombre y tan pronto como termina desaparece en un instante.

Nos miramos confundidos, pero sabemos que a medida que se desarrollen los eventos nuestro nuevo poder tendrá sentido.

Capítulo 8

EL GRAN DESAFÍO
DEL MATEMÁTICO

Mientras tanto, el zumbido de Buggie nos lleva de regreso a la Rue de Rivoli al otro lado del Louvre. Una vez en la calle, apunta con su diminuto rayo láser verde a un letrero que contiene diferentes destinos emblemáticos de la ciudad. En particular, coloca el punto verde sobre el título: La Sorbonne, 2 km.

—Esa es la Universidad de París, una de las más antiguas de Europa; se remonta a mediados del siglo XIII,— dice Greenie, nuestro francófilo.

Caminamos invisibles por la ruta ya familiar: pasamos el mercado de alimentos Les Halles a nuestra izquierda y poco después, siguiendo las señales, giramos a la derecha y cruzamos el río Sena y la Ile de la Cité con Notre-Dame a nuestra izquierda. Después de una corta distancia, volvemos a cruzar el río y entramos en el bulevar Saint-Michel. A lo lejos, a la derecha, la vista del Jardín de Luxemburgo nos da escalofríos al recordar la experiencia de la pandemia y la peste que aún están frescas en nuestra memoria. Afortunadamente, La Sorbonne se encuentra a poca distancia en el lado izquierdo. Nuestras ansiedades, sin embargo, se borran cuando caminamos por la antigua y augusta universidad; el eternamente curioso Greenie se vuelve a mirar los jardines y nos empuja a hacer lo mismo. Los Jardines de Luxemburgo están resplandecientes, su belleza y espacios abiertos restaurados y vuelve a su aspecto magnífico e impecable.

Los pasillos de la universidad nos absorben de inmediato. Sentimos el entorno académico con estudiantes y profesores alrededor. Aunque el lugar se siente viejo es elegante y bien preservado. Los aromas de madera vieja, cuero y papel impregnan rápidamente nuestros sentidos. Mientras caminamos por el salón principal, vemos una cortina de aire borroso justo en el medio. Nos encogemos de hombros y la atravesamos. Del otro lado la sala continúa y no se aprecia ningún cambio hasta que prestamos más atención a la ropa que visten tanto profesores como estudiantes: son de una época del pasado. Ahí es cuando vemos los volantes colgados en las paredes de todo el pasillo:

El desafío de la duda metódica, presentado por el gran matemático René Descartes. ¡Jóvenes magos! únanse a participantes de todo el mundo. Lugar: El Gran Auditorio.

Emocionados seguimos las señales hasta encontrar y entrar en la sala de auditorio. Es enorme, en lugar de asientos hay innumerables mesas rectangulares estrechas con lámparas de latón. Cinco de las mesas ya están ocupadas –seis por mesa– por jóvenes de nuestra edad. Encontramos una vacía y ocupamos nuestro lugar. Estoy totalmente confundido. '¿Todos estos son magos jóvenes? ¿Cómo es posible?' Reflexiono para que todos escuchen.

—Thumbpee,— susurro y el hombre diminuto aparece inmediatamente en mi hombro.

—¿Qué es exactamente esto? ¿Qué se supone que debemos hacer aquí?— Pregunto mientras mis cinco compañeros están buscando furiosamente información sobre el Sr. Descartes en la web.

—Todos ustedes deben averiguar,— responde.

—¿En qué año estamos? Pregunto.

—1640,— dice.

—Pero veo a todos nuestros compañeros en el pasillo usando sus dispositivos de comunicación personal, tabletas, etc.,— dice Breezie.

—Porque como tú, todos vienen del futuro,— responde.

—¿Cuántos se supone que deben estar aquí?— Pregunto.

—Todos ustedes ya están aquí, seis grupos de seis para un total de treinta y seis participantes,— dice el hombre diminuto.

—Estoy confundido Thumbpee. Pensé que todos los años había solo un grupo que intenta convertirse en aprendices de mago en Praga, jóvenes magos en Venecia y verdaderos magos en París.— Dice Greenie.

—Así son las cosas. Cada grupos de los que ven vienen de un año diferente en el futuro. Este desafío solo se lleva a cabo cada cinco años. Hoy asisten las clases de jóvenes magos de 2027, 2028, 2029, 2030, 2031 y el suyo de 2032,— dice el hombre diminuto.

Extasiados y perplejos asentimos con la cabeza y entre mientras Thumbpee sonriendo con picardía se desvanece.

En unos minutos obtenemos en la web lo que necesitamos, primero sobre el desordenado Descartes y su metódica duda. Entonces un hombre muy pequeño y nervioso sube al escenario, nada menos que el gran filósofo, matemático y científico francés, René Descartes nos está mirando directamente a los ojos a todos y comienza:

—Jóvenes magos, hoy se enfrentarán a la duda y la incertidumbre. En la vida, saber cómo lidiar con la duda es una ventaja existencial. ¿Se retiran si hay duda? ¿Se limitan a la inacción en caso de duda? En pocas palabras, el desafío que se les presentará requerirá no solo lidiar, sino también sentirse cómodo con la incertidumbre y la indecisión. Si tienen éxito, las incertidumbres nunca los intimidarán ni los asustarán y nunca dejarán de tomar decisiones en la vida,— dice a modo de introducción.

—Empecemos entonces. Para el desafío de este año, he seleccionado tres grandes obras de escritores franceses. En cada cuento les plantearé una pregunta que generará importantes dudas,— dice,— los libros se asignarán aleatoriamente a cada uno de los grupos. Se les concederá todo el tiempo que necesiten para completar la lectura de los libros. Cada uno de ustedes debe leer íntegramente el libro asignado a su grupo, no importa cuánto tiempo pasemos aquí, cuando nos vayamos solo habran transcurrido una hora de sus búsquedas de 24 horas para convertirse en verdaderos magos—, dice haciendo una pausa esta vez para beber agua.

Mientras tanto, puedo sentir la emoción en la habitación.

—He seleccionado Los Miserables y El jorobado de Notre-Dame, escrito por Victor Hugo, El hombre de la máscara de hierro y El conde de Montecristo, escritos por Alejandro Dumas y La vuelta al mundo en 80 días y Viaje al centro de la tierra, escrito por Julio Verne,— dice despertando aún más nuestra imaginación,— una vez que hayan terminado con la lectura de sus libros, deben buscar, encontrar y leer resúmenes de los otros cinco libros. Esto se debe a que no solo necesitan comprender el tema que presentan cada uno de los otros cinco grupos, lo que es muy importante porque es posible que deban participar en la discusión de los otros cinco grupos. De ahí que se fomente la colaboración entre grupos,— añade,— primero leen y cuando todos los grupos hayan terminado su lectura saltaremos al reino de la duda,— dice,— ¿alguna pregunta?

—¿Cuánto tiempo tenemos para responder la pregunta que nos vas a hacer?— Pregunta Checkered.

—El tiempo que necesiten para prepararlos,— dice el Sr. Descartes.

Luego el gran matemático realiza un poco de magia:

Dibuja una ruleta translúcida en el aire que contiene las cubiertas de los seis libros seleccionados que están en su mesa y la hace girar.

—Clase de 2028 su libro designado es El Conde de Montecristo.

—Clase de 2029 su libro designado es Los Miserables.

—Clase de 2030 su libro designado es El jorobado de Notre-Dame.

—Clase de 2031 su libro designado es La vuelta al mundo en 80 días.

—Clase de 2032 su libro designado es Viaje al centro de la Tierra.

—Clase de 203, su libro designado es El hombre de la máscara de hierro.

Luego, como si estuviera repartiendo cartas, Monsier Descartes desliza la portada de cada libro y la envía al grupo correspondiente. Ahora cada uno tiene un libro brillante suspendido enfrente. Aún asombrados, no sabemos qué hacer.

—¿A qué esperan? Tomen una decisión,— nos insta Monsier Descartes.

Firee enciende su tableta y lo baja. Seguimos su ejemplo y hacemos lo mismo en el momento en que nuestras seis tabletas están todas encendidas; el libro flotante se divide en seis y cae en cada una de nuestras tabletas. Lo mismo ocurre con los otros cinco grupos de jóvenes magos. El ejercicio de lectura se convierte en un asunto de varios días. Leemos y trabajamos día y noche hasta completar el libro. La cooperación entre grupos ocurre cuando cada uno comienza a leer resúmenes descargados de la web de los otros cinco libros. En particular, consultamos a cada uno de los otros cinco grupos con preguntas puntuales que buscan expandir nuestro conocimiento general sobre ellos ya que no leímos su versión completa. Recibimos múltiples preguntas sobre nuestro libro, El hombre de la máscara de hierro, que sirven para poner a prueba nuestro conocimiento detallado de lo que leímos.

Al final del ejercicio de lectura quedamos unidos como una fraternidad, lástima que todos vengamos de diferentes años en el tiempo. Todos sabemos, excepto por un evento similar, que nunca volveremos a encontrarnos.

—Monsier Descartes, todos terminamos y listos,— anuncia Checkered, quien fue designada por unanimidad como la encargada de anunciar la noticia al erudito.

Descartes ha estado con nosotros durante todo el camino; respondiendo a preguntas o consultas, acompañándonos durante las comidas, incluso acostándonos en las improvisadas camas de camping en la esquina del pasillo. Lo hemos visto trabajar como una hormiga; escribiendo, marcando con tiza sin cesar en su pizarra y dormitando de vez en cuando.

—Muy bien. Antes de comenzar, les aclaro algo que estoy casi seguro que les sorprenderá. En primer lugar, esta no es una competencia entre ustedes ni como individuos ni como equipos, lo indica claramente el nombre del evento, este es un desafío. Y uno muy particular ya que es un desafío en su contra tanto individualmente como en grupos o equipos. En segundo lugar, esto tampoco es una prueba de sus conocimientos sobre el libro aunque será necesario para que puedan abordar las preguntas que les plantearé, dice Monsier Descartes a modo de introducción.

Todos nos quedamos sorprendidos porque cada suposición de lo que está pasando y sucederá a continuación será fuera de la ventana.

—Como prometí, ahora todos ustedes han sido arrojados a un mar de incertidumbre. Veamos cómo la manejan y cómo funciona su capacidad para tomar decisiones cuando también los sumerja en un mar de dudas,— dice mientras cada participante sigue sus palabra con enfoque y concentración absolutos.

—Clase de 2028, en El Conde de Montecristo ¿Qué hubiera pasado en la historia si Edmond Dantes no hubiera podido cambiar de lugar con el cadáver del Abad Faria en el saco de lona, que como es costumbre en esa prisión, los guardias lo arrojan al mar?

Los seis jóvenes magos de la clase 2028 debaten durante unos 30 minutos y luego regresan con una respuesta unificada.

—El espíritu indomable de Edmond Dantes, tal como lo describe el autor, habría continuado cavando el túnel y habría escapado saltando al mar. El resto de la historia habría sido la misma.

—Cualquier cosa que a las otras clases les gustaría agregar,— pregunta Descartes.

—Habría sido mayor cuando escapó porque, según los cálculos del Abad Faria, le habría llevado años excavar el túnel hasta la parte trasera del patio de la prisión frente al mar,— dice Firee en nuestro nombre.

—Pero ¿y si Dantes no hubiera salido de su celda?— Presiona Descartes.

—No habría una historia posterior que contar. Se puede decir cómodamente que no habría un Conde de Montecristo, por lo tanto tampoco ningún libro,— afirma el miembro principal de la clase 2028 sobre el libro que todos leyeron.

Sin revelar nada, Monsier Descartes procede.

—Clase de 2029 en Los Miserables y si Jean Valjean no hubiera robado la barra de pan qué hubiera pasado con la historia sin su paso por la cárcel y posteriormente la persecución que sufrió a lo largo de su vida por culpa de su condena,— pregunta Monsier Descartes.

La clase del 2029 se detiene por lo que parece una eternidad pero en realidad resultan ser solo unos minutos.

—La propuesta atemporal de Víctor Hugo trata sobre una sociedad injusta con gran desigualdad y falta de oportunidades. Una sociedad que no sería justa con los pobres, sin caminos para acceder a la riqueza, un buen nombre o incluso al amor. La historia habría terminado siendo la misma: el personaje principal, Jean Valjean, siendo rebelde por naturaleza, habría quedado atrapado en otro tipo de infracción menor o trivial –real o no– y habría sido castigado en exceso por el sistema legal de por vida.

—¿Alguien quiere agregar algo?— Pregunta el Sr. Descartes.

—Su perseguidor, el implacable policía, Javert, simboliza el opresivo sistema legal francés de la época,— dice un miembro de la clase 2029.

—Al final, no se trata de robar una barra de pan sino de la pobreza extrema y las enormes diferencias económicas entre los que tienen y los que no tienen. Aquellos en posesión del poder y la riqueza absorbiendo todos los beneficios de la sociedad mientras se protegían a sí mismos manteniendo las masas bajo control, ya sea económicamente, esclavizadas o encarceladas.

Monsier Descartes se muestra prudente cuando se dirige a la clase de 2030.

—En El jorobado de Notre-Dame, ¿y si no hubiera habido una espalda jorobada en la Catedral sino solo una leyenda?— Pregunta Monsier Descartes.

La clase de 2030 requiere un caucus mucho más largo. Ellos parecen estar en desacuerdo al principio ya que un par de miembros susurran apasionadamente sus argumentos. Finalmente, parecen fusionarse al votar y están listos para responder.

—Víctor Hugo describe la dicotomía entre fealdad y belleza. Aprendemos que siempre hay belleza más allá o dentro de cualquier cosa ofensiva o desagradable a la vista. En ausencia del personaje espantoso, el autor lo habría reemplazado por otra figura igualmente fea, deformada o desfigurada, solo que en una forma diferente. Habría contado la historia de la misma forma.

—Obviamente, el título del libro cambiaría para representar al nuevo monstruo,— señala un miembro de la clase 2031.

—También hay una metáfora en el libro sobre el hecho de que, independientemente de la apariencia física, a veces las circunstancias o las personas nos convierten en un monstruo. Luego, en otras, las diferentes situaciones de los individuos sacan lo mejor de ellos. En este sentido, la apariencia física no importa en absoluto,— concluye la clase de 2030.

Por mucho que lo intente, se vuelve obvio para todos nosotros que Monsier Descartes no solo está contento, sino que también se divierte.

—Clase de 2031 en La vuelta al mundo en 80 días, ¿qué hubiera pasado si Phileas Fogg no se hubiera dado cuenta de que al cruzar la línea de cambio de fecha internacional todavía tenía un día libre para llegar a Londres y por lo tanto había perdido la apuesta de dar la vuelta al mundo en 80 días?— pregunta Monsier Descartes.

La clase de 2031 parece estar lista para la pregunta porque proceden a responder de inmediato a través de su orador designado.

—Nada hubiera pasado, el Sr. Fogg se habría presentado ante los miembros de su club en Londres para aceptar su pérdida y pagar su apuesta. El libro de Julio Verne no trata sobre el personaje principal ganando o perdiendo una apuesta, sino sobre el viaje de Fogg de autodescubrimiento donde de ser un hombre muy rígido y monótono se abre al mundo, a la vida y a su gente experimentando primero.

—¿Alguien tiene algo más que agregar?

—El personaje principal, independientemente de la apuesta, ya en el último tramo de su viaje de Estados Unidos a Londres ha logrado sus objetivos,— dice un miembro de la clase 2032.

—La apuesta es solo una excusa para que se embarque en una aventura atrevida para explorar diferentes culturas y lugares que el planeta tiene para ofrecer y para romper con una vida estrecha y triste,— concluye la clase de 2031.

Monsier Descartes camina lentamente con su mano en la barbilla sin tratar de ocultar su obvio deleite.

—Clase de 2032, ¿qué habría pasado con la aventura del profesor Lidenbrook si no hubiera encontrado las iniciales de Arne Saknussemm grabadas en las paredes de la cueva de Islandia que finalmente lo llevaron al centro de la tierra?

El debate de la clase 2032 dura un breve tiempo y aparentemente están listos para la pregunta.

—El profesor Lidenbrook habría continuado pues su deseo de llegar al centro de la tierra era más grande que cualquier obstáculo en particular. Se habría enfrentado a más incertidumbre y peligros sin las marcas y pistas de sus predecesores. Pero al final, él y sus compañeros llegaron al centro de la tierra, nadie más.

—¿Alguna opinión adicional?— pregunta Monsier Descartes.

—El profesor Lidenbrook nunca dudó si se desviaba de su propósito de llegar al centro de la tierra. Lo que a los demás les parecía una locura para él era una obsesión, no solo una muestra de coraje y determinación sino también autosuficiencia, ya que no dependía de nadie para alcanzar sus metas,— concluye la clase del 2033.

Monsier Descartes ahora nos contempla a todos con los brazos cruzados mientras asiente suavemente una gran sonrisa se dibuja en su rostro.

—Clase de 2033, en El hombre de la máscara de hierro, ¿y si el hombre atrapado en la máscara de hierro hubiera sido otra persona y no el rey legítimo ya que este habría escapado a una tierra extranjera?— Pregunta el eminente profesor.

No tardamos mucho en ponernos de acuerdo sobre una respuesta.

Reddish lidera el camino representándonos.

—La historia y su resultado no habrían cambiado. El verdadero rey eventualmente habría regresado para recuperar el trono también. Quizás no habría experimentado el mismo tipo de sufrimiento y dolor de estar atrapado detrás de una máscara pero la pérdida del trono habría sido la misma.

—¿Alguien quiere agregar una opinión?— pregunta Monsier Descartes,

—La historia es más sobre las lecciones que el rey aprende cuando está fuera del trono que la máscara en sí,— dice un miembro de la clase 2028.

—Cuando vuelva a sostener la corona valorará más su papel y será más sensible con sus súbditos,— concluye Reddish.

—Jóvenes magos, ha sido un placer y un honor guiarlos a través de mares de incertidumbre y duda. Debo decir que lo han logrado con gran éxito y mucho más allá de mis expectativas. Disfruté cada minuto del desafío de este año. Creo sinceramente que ahora están todos muy bien equipados y preparados para lidiar con esos venenos existenciales del espíritu,— dice e inclina la cabeza para despedirse de todos nosotros.

Y eso es lo último que recordamos cuando todo lo que nos rodea se desvanece en un instante.

De repente, los seis estamos solos en el auditorio; nuestros compañeros y el gran matemático se han ido. Ahí es cuando escuchamos los aplausos solitarios de nuestro mentor y anticuario de libros, el hombre con una mata de pelo rebelde, Morpheous Rubicom. Aplaude lentamente, aparentemente disfrutando de cada momento.

—¡Muy bien hecho! Vamos. Síganme jóvenes magos, no hay tiempo que perder,— dice mientras comienza a caminar.

En el pasillo de la Universidad pasamos por la misma cortina de aire borrosa que cubre el pasillo de lado a lado y del piso al techo, del otro lado continuamos por el vestíbulo principal de la universidad y justo antes de llegar a las puertas de la salida principal, el Sr. Rubicom gira a la derecha y es entonces cuando vemos la fachada de su tienda itinerante. El letrero dice:

"Libros antiguos de Rubicom sobre riqueza, fama y amor" (Est. Varios generaciones atrás). Entramos en su librería que es un espacio muy pequeño, de techo bajo, pero saturado de libros de pared a pared.

—Estoy ansioso por discutir en profundidad la experiencia que acaban de tener con Monsier Descartes. Pero antes de hacerlo hay una fábula que necesito compartir con ustedes para complementar aún más su conocimiento del defecto humano del que están aprendiendo,— dice justo antes de comenzar a leer.

"El Troll y el empecinado joven de Tromso"
La vista desde lo alto del lecho rocoso y plano,
es impresionante,
se esparce por millas y millas sin fin;
debajo, se pueden ver azules y verdes profundos,
reflejando una perfecta postal noruega
con inmensas y sinuosas extensiones de agua;
llenas de bahías irregulares y estuarios
–los famosos fiordos nórdicos–
canales de agua enmarcados
por montañas verticales y gigantes,
que en ambos lados lo saturan todo.
El empecinado joven creció
en los largos días y noches de Tromso,
ubicado en la tierra de los vikingos,
no lejos de Nordcap,
el lugar civilizado mas al norte del mundo
antes del polo norte.
El esfuerzo de hoy por llegar a la cima de la montaña
es la culminación de una larga recuperación
para el joven Oleg.

Después de su tercer cumpleaños,
no pudo caminar,
ni siquiera mover más las piernas.
Una bacteria, dijeron
había afectado sus extremidades inferiores
y habilidades motoras.

Respira profundamente inhalando con placer
el templado aire de la cumbre de la montaña.
Se para sobre ambas piernas,
las que le dijeron innumerables veces
que nunca iba a poder usar,
Nunca más.

"Así que finalmente lo lograste, joven Oleg"
dice con voz atronadora el troll de la montaña,
su amigo desde hace mucho tiempo.
Un insidioso gnomo
de cabeza grande y nariz muy larga y ondulada,
con una gorra en forma de cono
y pantalones cortos "tiroleses" con tirantes,
el troll de la montaña nunca es tan amigable con nadie.
De lo contrario,
su reputación a través de una vida centenaria
es de travesuras, estragos y caos.
Pero su relación con el determinado joven
ha sido diferente desde el principio.
Todo comenzó desfavorablemente
cuando un niño pequeño de ocho quizás nueve
en la base de la gran montaña,
decidió no tomar el teleférico
sino subir a pie.

La detestable figura contempló la hazaña del joven
con desdén y escepticismo.
'El podría tomar el teleférico y en solo unos minutos
llegar a la cima; este chico es un tonto',
reflexiona el troll de la montaña mientras contempla
al joven Oleg con aparatos ortopédicos para las piernas
y muletas tratando de subir la montaña.
"¿Por qué te molestas? Nunca lo lograrás",
dice el troll que de pie desde una roca
le contempla con los brazos cruzados.
El joven minusválido apenas reconoce su presencia.
"Puede que no lo logre hoy,
pero eventualmente lo haré".
Oleg le contesta con una gran sonrisa.
El troll de la montaña está realmente impresionado.
Su mera presencia, junto con una voz espantosa,
siempre asustó a los demás.
Pero no a este joven.
'¿Qué clase de muchacho es ese?'
Se pregunta un troll intrigado.

Ese día,
Oleg apenas pudo caminar unos cientos de metros.
Pero a la mañana siguiente,
el joven trató una vez más
y esta vez logró el doble de distancia.

"¿Por qué te torturas a ti mismo?"
preguntó el troll de la montaña.
"Estoy disfrutando el esfuerzo Troll, ¿no entiendes?"
Oleg dijo.
"En realidad no",

respondió un Troll incrédulo.

Durante todo el verano,
Oleg continúa progresando.
A veces no avanza mucho en distancia
o logra progresar nada en absoluto.
Pero lo compensa con un mejor equilibrio
y mayor eficiencia en su esfuerzo general.
Lo que realmente asombra al troll de la montaña
es que cuando llegan las largas noches de invierno
Oleg no deja de venir una y otra vez
a seguir tratando de conquistar la montaña.

A la misma hora al mediodía
todos los días bajo un sol tenue,
como un reloj apareció y siguió avanzando
dos pasos hacia adelante, uno hacia atrás,
tres hacia adelante ...
"¿Qué quieres de todo esto?"
preguntó el troll de la montaña.
"Para perfeccionar y mejorar mi capacidad para caminar,
estoy trabajando en mis habilidades y talento ".
dijo el para entonces muchacho de 14 años.

En ese momento,
Oleg ya podía caminar
con los aparatos ortopédicos para las piernas
por todo el camino hasta el medio de la montaña.
De hecho, hace un tiempo,
había abandonado por completo las muletas.

"Oleg, ¿cuál es el ingrediente clave

que te mantiene haciendo este esfuerzo
una y otra vez?",
preguntó el troll de la montaña".
"Mi concentración en mi objetivo final
no cambiaré ni me desviaré
hasta que llegue a la cima de la montaña"
Oleg dijo.

Cuando tenía 16 años,
Oleg intentó el desafío definitivo.
Se quitó los aparatos ortopédicos para las piernas
pero apenas podía aguantar mucho menos caminar.
Su ahora cercano compañero y admirador,
el troll de la montaña,
estaba desanimado y pesimista.

"Había llegado a creer que iba a llegar a la cima,
pero ¿ahora?" reflexionó al ver al joven indefenso.

Oleg volvió al punto de partida al pie de la montaña
donde solo podía caminar unos cientos de metros.
"¿Eres masoquista? ¿Te gusta sufrir o tener dolor?"
dijo un ofuscado troll de la montaña.
"De ninguna manera, al contrario, siempre estoy feliz.
Mi madre dice que nací con una disposición innata
y alegre para la vida".
"Bueno, verte caminar no parece algo alegre para mí"
dijo sarcásticamente el troll de la montaña.
"Talento y habilidades adquiridas por concentración
no son suficientes,
además, debo tener las ganas y la predisposición,
la voluntad de sacrificarme,

de soportar el dolor y las luchas
en el proceso de aprendizaje"
dijo el muchacho, ahora de 18 años.

Hoy día,
Oleg finalmente camina solo todo el camino
hasta la cima de la montaña
sobre los fiordos noruegos y su ciudad natal de Tromso.
Lo hace con mucho esfuerzo,
pero aparentemente para el ojo inexperto,
como cualquier otro excursionista.

"Oleg, mi más querido de todos los amigos",
comienza a decir el troll de la montaña.
"¿Cuál es tu ingrediente secreto?"
"Talento, habilidades, enfoque, concentración,
disposición al sacrificio y lucha no son suficientes".
"¿Cuál es el componente mágico final,
el catalizador a todo lo que has logrado? "
"Pasión, Troll, me encantó hacer lo que hice
¡y eso me hizo pura y simplemente feliz!"

Finalmente,
después de un largo viaje que duró una eternidad
se dio el lujo de bajar en el teleférico de camino a casa.
El hermoso sol de otoño nórdico se pone en el horizonte
mientras el troll de la montaña se despide de su amigo
para siempre,
Oleg, el joven empecinado de la ciudad noruega de Tromso.

Al terminar el nuestro excéntrico mentor siento que acabo
de bajar de la montaña rusa más larga. El Sr. Rubicom nos

contempla directamente a los ojos como si tratara de descifrar algo sobre nosotros.

—La aventura en la Sorbona requería que escucharan y prestaran mucha atención a todo y a todos los que los rodeaban. No podían dejar que su concentración y enfoque desaparecieran ni por un segundo. Me alegra decirles que hicieron exactamente eso. He visto el mismo tipo de determinación por triunfar de parte del joven discapacitado de Tromso. Tanto en su caso como en el de ustedes, la realidad estaba completamente bloqueada por un noble propósito, pero si no hay razones válidas o buenas para bloquear la realidad, ¿cuál sería?— Pregunta nuestro mentor.

—¡Sordera!— Respondo.

Nuestro excéntrico mentor y anticuario de libros reacciona inmediatamente con efusividad y entusiasmo. Cada uno de nosotros recibe un abrazo de oso por parte de él y visiblemente emocionado se queda sin palabras mientras nos contempla con los ojos llenos de satisfacción.

—Sobresalieron en todos los casos bajo circunstancias difíciles y ahora están muy cerca de los últimos desafíos en la Tour de Eiffel. Mantengan el rumbo y permanezcan concentrados,— dice antes de desaparecer en un abrir y cerrar de ojos.

Estamos de nuevo en el Boulevard Saint-Michel. Nuestros dos compañeros no tardan en aparecer, esta vez sin que los llamemos.

—¿Así que no necesitamos llamarlos más?— Pregunto sarcásticamente.

—Depende. En situaciones como esta en las que es tan predecible que nos contacten, es mejor que lo hagamos con anticipación. En todas las demás situaciones sigue siendo lo mismo: tienen que llamarnos,— dice Thumbpee mientras está sentado cómodamente como es habitual en mi hombro, —y antes de que pregunten, la respuesta es sí, se ha ganado un nuevo poder y con gran éxito según dijo el Sr. Rubicom,— dice el hombre diminuto más seguro de lo habitual,— Ahora tienes la capacidad de sentir cuando el peligro se te acerca,— dice y desaparece antes de que podamos reaccionar.

Sus palabras crean ansiedad en todos nosotros ya que actúan como una premonición de lo que vendrá. Mientras tanto, el zumbido de Buggie se intensifica espontáneamente. Cuando nos volvemos encontramos al insecto volador apuntando al suelo con su diminuto rayo láser verde.

—No hay nada en el suelo,— dice Greenie.

Miramos a Buggie. Su rayo verde está intermitente.

—¿Quiere simplemente que caminemos?— pregunta Reddish.

—No lo sé. Su zumbido parece indicar eso,— digo.

—Thumbpee tíranos un lazo aquí, ¡vamos!— Dice Breezie.

Capítulo 9

EL PORTAL DEL CABO SUELTO

El leve golpe en mi hombro me indica la llegada del hombre diminuto.

—Chicos, el siguiente lugar al que irán es parte de su plan original. No han estado allí todavía,— dice crípticamente.

Nos miramos con curiosidad, pero los gestos de Firee indican que entendió.

—¿Qué más Thumbpee?— pregunta Firee.

—Para que puedan llegar a su mentor tendrán que resolver un cabo suelto que dejaron abierto desde el principio de la búsqueda,— dice el hombre diminuto y desaparece inmediatamente después.

Buggie está flotando sin rumbo fijo sobre nosotros.

Firee toma la iniciativa de inmediato.

—Además de la torre Eiffel, ¿cuál es el hito donde no hemos estado en eso todavía?— Pregunta.

—L'arc D'Triumph,— salta la francófila Greenie para deleite de Buggie que se vuelve loco zumbando con ímpetu y máxima intensidad.

Sabemos hacia dónde nos dirigimos aunque todavía necesitamos entender la segunda pista de Thumbpee. A estas alturas todos sabemos que debemos ser pacientes, ya que eventualmente todo tendrá sentido. Rápidamente aceptamos crear un portal hacia nuestro destino y resulta que Breezie tiene ese poder. Todos cruzamos con entusiasmo e inmediatamente nos encontramos con una gran sorpresa.

L'arc D'Triumph se alza majestuoso frente a nosotros brillando con luces incandescentes. El arco central se destaca inmediatamente a pesar del aire borroso que lo cubre.

—¡L'arc D'Triumph es un portal gigantesco!— dice exuberante Greenie.

A medida que nos acercamos, el aire borroso se llena de imágenes. Reconocemos rápidamente los seis relojes astrológicos que ya visitamos y además hay tres imágenes de hombres totalmente desconocidos para nosotros. En total hay nueve imágenes.

—El portal de L'arc D'Triumph solo se puede usar cuatro veces. Además, solo tendrá éxito si lo usa en el orden correcto.—Es la voz familiar de la Sra. V.

Cuando nos damos la vuelta vislumbramos la tela de colores que gira alejándose de nosotros.

—Chicos, es hora de ponernos los sombreros de pensar,— les digo.

—Tenemos que determinar en cuáles cuatro de las nueve imágenes están nuestros portales,— dice Reddish.

—Eso no es difícil de discernir,— dice Firee.

Todos nos miramos ansiosos por resolver el misterio.

—Tenemos seis imágenes cuyos lugares ya hemos visitado,— dice Firee.

—Lo que significa que como no sabemos si son útiles o no debemos visitar a cada uno de los tres hombres de las imágenes,— dice Checkered.

—Y eso significa que solo podemos visitar uno de los relojes, pero ¿cuál?— Pregunta un Greenie confundido.

—Sí, ¿cómo sabemos cuál de los seis?— pregunta Reddish.

—Esa es una decisión muy difícil—, dice Firee.

Escucho fascinado el intercambio antes de participar. Me sorprende cuando la respuesta me llega tan fácilmente…:

—El reloj astrológico de Lyon,— digo.

—¿Por qué?— Pregunta Greenie.

—Porque es el único que no funciona,— le digo.

—¿Cuál es la relevancia de eso?— pregunta Reddish.

—Es la diferencia más significativa entre los seis relojes astrológicos,— dice Checkered.

—¿Entonces los tres individuos están relacionados con los relojes?— Pregunta Breezie.

—Deben estar conectados al reloj,— digo.

—¿Al reloj?

—El reloj de Lyon,— respondo.

—¿Por qué a ese reloj en particular?— Breezie presiona.

—Porque necesita reparación ...

Empiezo a decir pero me pierdo en mis propios pensamientos. Las siguientes palabras que salen de mi boca sin pensarlo me sorprenden incluso a mi.

—Porque probablemente son la pareja de fabricantes de relojes en conflicto. El Temperatore es quien los mantuvo a raya,— espeto.

—¿No estaban relacionados con otro reloj?— Pregunta Checkered mientras consulta las notas de su iPad.— ¡Sí! Aquí está, están relacionados al reloj de Besançon, no al de Lyon,— dice encontrando la respuesta antes que cualquiera de nosotros.

—Los dos fabricantes de relojes son la clave de todo esto, la escritura está en la pared,— señala Breezie mirándonos a todos en busca de respuestas.

—Sospecho que tenemos que reparar el reloj y con las partes adecuadas,— digo.

El momento en que mis palabras son captadas parece como si una cortina se levanta frente a todos nosotros. Nuestras expresiones denotan confianza y entusiasmo pero no dura mucho.

—¿A dónde vamos primero?— pregunta Greenie despistado igual que todos.

—¿El reloj de Lyon?— Pregunta Reddish.

—No, esa será la última visita,— responde Firee.

—¿Por qué?— Presiona Reddish.

—Iremos a reparar ese reloj cuando tengamos la gente que lo haga,— digo.

Todos hemos alcanzado un nivel de comprensión de las opciones que tenemos frente a nosotros.

—¿Cuál de las tres personas deberíamos visitar primero?— pregunta Breezie.

—El Temperatore,— digo.

—¿Por qué?— Pregunta Greenie.

—Porque mantuvo a raya los espíritus de los dos relojeros en guerra durante décadas. Necesitamos persuadirlo para que intervenga y logre que los relojeros trabajar juntos,— respondo.

—¿Y cuál de los dos fabricantes de relojes visitamos primero?— Pregunta Breezie.

—Dejaremos que el Temperatore decida,— responde Firee.

—¿Cómo podemos determinar a partir de estas imágenes cuál de los tres hombres es el Temperatore?— Pregunta Reddish.

—Por la ropa. Revisemos las imágenes juntos,— digo.

Y no tardamos en reconocerlo.

—Dos están vestidos de manera muy similar, el tercero está mal vestido, ese es el guardia,— señala Firee con su lógica infalible.

Instintivamente nuestra atrevida Greenie coloca su mano sobre la supuesta imagen de Temperatore. El enorme arco central de L'arc D'Triumph se convierte en un enorme portal de aire borroso; al seleccionar la imagen de quien creemos que es el Temperatore atravesamos el portal; nuestro destino es desconocido. Al otro lado, salimos a una calle justo enfrente de L'Opera de Paris.

—¿Qué estará haciendo un Temperatore en la Ópera?— Pregunta Greenie.

—Tengo una idea bastante buena, vamos,— digo. Cruzamos la calle y entramos al lugar que está vacío, no hay actuaciones a plena luz del día. Se acerca un guardia de seguridad y le preguntamos si el edificio tiene chico de mantenimiento o tal vez un conserje. Él responde que sí, pero no están en las instalaciones, dice. La idea de repente me golpea como una bola de trueno.

—¿Hay alguien que viva en las instalaciones?— Pregunto.

—¿Cómo lo sabes?— Pregunta el guardia.

—Señor, no lo sabemos, le estamos preguntando,— digo.

—Bueno, está Monsier Brandibas, el utilitario.

El nombre nos suena de inmediato. Firee revisa nuestras notas y asiente.

—¿Paul Brandibas?— Pregunta refiriéndose al nombre del Temperatore del reloj astrológico de Besançon.

—Sí, vive encima del escenario en un ático ubicado en el nivel del techo. Rara vez sale y trabaja solo cuando el lugar está vacío.

—Gracias, señor, ¿no le importa le hacemos al Sr. Brandibas una visita?— Pregunta el atrevida Greenie.

—Para nada. Además, agradezco cuando la gente pregunta. Para llegar a su lugar aquí es lo que tienen que hacer: regresan al escenario y encontrarán una escalera de seguridad negra que los llevará directamente al desván.

Emocionados, nos alejamos con grandes zancadas, pero Breezie se encarga de echar agua fría a nuestro impulso.

—Blunt, sigo creyendo que la suposición que tenemos puede ser incorrecta,— dice.

—¿Por qué?— Pregunto

—Tenemos la profesión correcta del hombre de la imagen. Es un Temperatore, bien, pero el reloj equivocado—, presiona Breezie.

—El Temperatore que estamos a punto de encontrar era el encargado del reloj astrológico de Besançon, no Lyon,— dice.

—Lo sé y probablemente los dos fabricantes de relojes son los que construyeron las dos primeras versiones del mismo reloj astrológico de Besançon, —digo.

—No entiendo,— dice Breezie desconcertado.

—Creo que nuestra supuesta misión es reparar el reloj y para eso necesitamos especialistas en ese oficio. Tenemos que persuadir al Temperatore para que actúe como mediador para convencer a los relojeros de que trabajen juntos, queremos que se unan en torno a un proyecto. Por ejemplo, reparar el reloj astrológico de Lyon,— digo espontáneamente y sorprendo a mis cinco compañeros.

Para cuando llamamos a la puerta de Monsier Brandibas no sabemos qué esperar.

El hombre que abre la puerta obviamente se sorprende porque rara vez recibe visitantes y mucho menos a un grupo de jóvenes de 14 años con mochilas al hombro.

—Monsier Brandibas?

—¿Sí?

—Tenemos una propuesta para usted,— le digo.

—¿Y cual sería?— dice con un tono de voz intrigado.

—Entendemos que durante varias décadas usted actuó como intermediario y mantuvo a raya a los espíritus de los dos relojeros del reloj astrológico de Besançon,— le digo.

—Es cierto, el espíritu inquieto del relojero original, Monsier Constant Flavier Bernardin no puede descansar en paz porque su creación fue reemplazada por otro reloj construido por Monsier Auguste Lucien Verite. Mientras yo fui el relojero astrológico de Besançon pude mantenlos bajo control mientras me ocupaba del reloj. No sé qué ha pasado desde entonces,— dice el ex Temperatore.

—Visitamos el reloj de Besançon y el rumor es que los espíritus de ambos relojeros continúan peleándose y causando estragos en la torre del reloj,— digo.

—He oído hablar de eso, pero he terminado con esos dos. Simplemente me cansé de sus interminables peleas,— dice.

—Como dije antes, tenemos una propuesta para usted,— digo.

—¿Y eso será?— Dice Monsier Brandibas.

—Queremos que nos ayude a persuadirlos para que arreglen el reloj astrológico de Lyon,— dice Firee.

—¿Los dos juntos? Eso nunca sucederá,— dice totalmente incrédulo.

—El trabajo resultante de reparación y restauración se acreditaría a ambos,— le digo y llamo su atención.

—Y esa podría ser la forma para que ambos hagan las paces,— continúa Monsier Brandibas pensando en voz alta y complementando mi proceso de pensamiento,— No es una mala idea.

Regresamos con él, usamos el portal al otro lado de la calle de L'Opera para regresar a L'arc D'Triumph y luego usamos su portal por segunda y tercera vez para llevar al Temperatore a hablar con cada uno de los fabricantes de relojes. Después de largas conversaciones, los relojeros aceptan a regañadientes y junto con sus herramientas se unen a nosotros. Luego, con temor pero emocionados, usamos el portal de L'arc D'Triumph por cuarta y última vez. Nuestro destino es el reloj astrológico de Lyon.

Una vez allí los dos relojeros en guerra quedan fascinados con el reloj y pronto los vemos trabajar juntos para resolver el problema mecánico que tiene. Trabajan incesantemente hasta que lo arreglan y lo ponen a funcionar para el disfrute de la ciudad de Lyon, la gente y los visitantes de todo el mundo.

En el momento en que el reloj comienza a correr volvemos a L'arc D'Triumph pero el portal gigante en su centro ha desaparecido.

Todavía estamos tambaleándonos por los eventos cuando vemos una puerta brillante en una de las paredes laterales del monumento. La abrimos y encontramos unas escaleras iluminadas, las subimos con ímpetu intuyendo lo que nos espera. En lo alto de L'arc D'Triumph se nos obsequia con una magnífica vista de la ciudad luz. Estamos tan hipnotizados con las vistas que no notamos la llegada de una mujer alta y hermosa de aspecto nórdico.

—Bienvenidos, jóvenes magos,— dice ella a nuestras espaldas.

Emocionados, nos damos la vuelta y ahí está ella, nuestra mentora de confianza y anticuaria de libros con largas trenzas doradas en una cola de caballo, Lettizia Dilletante.

—Todos han estado haciendo un trabajo fenomenal,— dice con una gran sonrisa,— vamos, síganme, no hay tiempo que perder,— dice entrando en otro portal.

La seguimos y lo cruzamos para encontrar en el otro lado su librería ambulante de libros antiguos. Es un edificio de tres pisos y su letrero exterior dice:

"Anticuarios Dilletante y Dilletante"
(est. hace siglo y medio).

Entramos y ocupamos nuestro lugar habitual justo en el centro del atrio de la tienda. La Sra. Dilletante está lista para nosotros.

—Jóvenes, tengo una lectura aquí para ustedes que será un gran complemento a la experiencia que acaban de tener con el Temperatore y los fabricantes de relojes.

"El escultor y la piedra"

Primero vio la piedra en un sueño...
Al día siguiente,
su experiencia onírica
se transformó en una imagen clara y nítida,
una vívida visualización artística.
El genial artesano
exigía el mejor de todos los mármoles,
esperaba un bloque de piedra sin defectos.
El genial escultor
quería el más blanco de todos los colores.
Un bloque de mármol cuya pureza y perfección
saltaran a primera vista.
Y que su suavidad y delicadez fueran palpables
para que respondieran de inmediato
a sus excepcionales destrezas artísticas.
Sus exigentes órdenes se llevaron a cabo
muchas veces en las famosas canteras de Carrara
en el norte de Italia.

Pero ninguno de los bloques
que el artista magistral recibió
cumplió con sus expectativas
de ahí que los utilizara para proyectos menores.
Entonces la vio
el tema de su obra caminaba por la calle
frente a su icónico taller
y se dirigía hacia centro de la ciudad de Florencia.
Su piel parecía hecha de delicada porcelana
sus rasgos faciales proyectaban inocencia,
sinceridad, bondad y alegría;
Su cabello caía en cascada hasta su cintura.
Su forma y curvas eran suaves y clásicas.
Anatómica y artísticamente hablando,
ella era todo lo que siempre quiso.
A medida que pasaba el tiempo
el talentoso artista se encontró en un dilema;
Tenía la idea y tenía a la musa, pero no tenía la piedra.
Así, hasta que un buen día,
llegando tarde a misa,
encontró la puerta principal de la catedral ya cerrada,
agitado buscó una entrada lateral;
encontró una y se dirigió hacia ella,
pero mientras subía los escalones de la puerta,
la vio de reojo y se detuvo.
Sus ojos fijos en la presa,
casi paralizado se movió hacia ella en cámara lenta
Desde lejos era apenas visible,
pero de cerca,
Debajo de la suciedad, el paso del tiempo
y las huellas del clima;
justo detrás de una fina capa de maleza, allí estaba,

un gran bloque de mármol con el más blanco
de todos los colores.
Mientras acariciaba la piedra,
el atrevido artista fue capaz de sentir
y tocar de inmediato su pureza.
Resultó que la piedra de mármol
había estado acostada al lado de la catedral por décadas.
Abandonada justo después de su llegada,
ya que el escultor original
la había considerado demasiado estrecha
para el proyecto que los regentes de Florencia
le habían encomendado.
Con el tiempo, la ciudad y su gente
simplemente la olvidaron por completo.
Semanas después
con la aprobación del gobierno de la ciudad
el bloque de mármol olvidado
fue trasladado al taller del genial artista.
La estrechez de la pieza de mármol para los demás,
fue por lo contrario, perfección total para él.
El escultor magistral simplemente vio en la piedra olvidada
lo que otros no vieron.
Sin embargo, un reto aún más difícil
fue encontrar y persuadir a su deseada musa.
Tanto así,
que antes de que ella posara para él
tuvo que ganarse su corazón;
En el camino, ella también lo conquistó a él.
Fue así como el escultor soltero
y el tema de su deseo artístico terminaron casándose,
convertirse en marido y mujer.
Esculpir la piedra le llevó años;

una y otra vez, a través de cada centímetro de la piedra,
el cincel del apasionado artista
talló, astilló y lijó incesantemente;
Todo requería precisión y exactitud,
cualquier error o equivocación
sería irredimible y probablemente irrecuperable.
La piedra se transformó lenta y progresivamente
en formas congruentes
cada vez más vez más impactantes y trascendentes;
Sin embargo, el artista lo hizo todo con alegría;
El flujo parecía trivialmente fácil;
Desde el principio su visualización
y preparación del trabajo por hacer
permitió su posterior ejecución impecable;
Además, sabiendo exactamente la piedra que necesitaba
y al no aceptar nada menos o diferente,
le permitió esculpir
con comodidad, entusiasmo y confianza.
Lo que no esperaba
o nunca había experimentado antes,
fue el amor verdadero.
Además,
siendo su modelo el tema de su adoración;
un nivel mucho más alto de pasión
impregnó y empapó su talento y ejecución.
Con más de cinco siglos de antigüedad,
la escultura de tamaño real
se ha convertido en una obra maestra atemporal;
la belleza del rostro de la musa brilla radiante
con la luz del amor verdadero.
La piel delicada exhala belleza y perfección;
Su figura bajo ropa rica se puede sentir fácilmente;

Su anatomía destaca por su gran detalle;
Las notorias falanges
lo traslucen e irradian todo a su alrededor.
Su silueta, postura y posicionamiento
todos exudan una vitalidad magnética.
Inmortalizada para siempre
la musa del gran escultor
es una estatua que simboliza el amor
en todas sus dimensiones hasta la eternidad.
Para el escultor, sin embargo,
el mayor logro consistió en no solo elevar su genio
a niveles de creatividad y ejecución artística imperecederos;
incluyendo el preparar, visualizar y tener la piedra correcta;
sino que también fue bendecido con el amor verdadero,
y logró incorporarlo a su escultura;
creando un nivel aún mayor de pasión artística,
donde logró la conexión más sublime
entre La Armonía, La Perfección y El Amor.
Y aunque permanecieron juntos hasta su muerte,
tuvieron muchos niños juntos
y el gran escultor creó muchas obras maestras.
Ella solo posó para él una vez
y nunca se lo pidió;
pues el amor verdadero es irremplazable e inimitable.
La musa del escultor
se pudo crear una sola vez,
para siempre.

La hermosa fábula captura nuestra imaginación. Todos estamos asombrados por la historia cuando nuestra mentora de confianza nos trae de vuelta a la realidad.

—Jóvenes magos, han demostrado habilidades geniales al resolver el enigma del portal de L'arc D'Triumph, al negociar con el Temperatore y finalmente dejar que él, a su vez, se encargara de los relojeros que trabajaron en conjunto para reparar el reloj astrológico de Lyon,— dice,— A ver Checkered, ¿qué vínculo ve entre la fábula del escultor y la reparación del reloj astrológico de Lyon?— Pregunta.

—Ambos requerían una gran experiencia,— responde Checkered.

—Breezie, ¿qué fue lo que motivó tanto al escultor como a los relojeros para completar su trabajo?— Pregunta la Sra. Dilletante.

—Pasión e inspiración,— responde.

—Reddish, las nueve imágenes en el portal de L'arc D'Triumph solo te brindaban cuatro oportunidades para usarlo, lo cual planteaba un acertijo totalmente diferente para que lo resolvieras, ¿cuál crees que fue la clave para que lo resolvieras?—Ella pregunta.

—En primer lugar el racional de Firee. Su lógica nos ayudó a empezar. Además, las lecciones que acabábamos de aprender sobre cómo lidiar con la incertidumbre y la toma de decisiones,— dice.

—Greenie, aprendiste el poder de sentir el peligro de antemano después de tu actuación en la Sorbona, pero no usaste ese poder en esta ocasión, ¿por qué?— Pregunta la Sra. Dilletante.

—Sí, lo hicimos. Gracias a él, estábamos bastante conscientes de que no había nada que nos amenazara en ningún caso del enigma del portal de L'arc D'Triumph. Por lo tanto, nunca tuvimos que ser invisibles ni tuvimos que comunicarnos a través de pensamientos,— responde ella.

—Blunt, ¿por qué las imágenes de los tres hombres en el portal de L'arc D'Triumph no pueden ser otra cosa que el Temperatore y los dos relojeros de Besançon?— Pregunta la anticuaria de libros.

—Cuando nos enfrentamos por primera vez a las imágenes de los seis relojes la primera conclusión que hicimos fue que esas tres imágenes estaban vinculadas de alguna manera con los relojes. La segunda conclusión fue que el único trío que se nos describió durante esas visitas a los seis relojes fue el de los dos espíritus guerreros de los relojeros y el Temperatore del reloj de Besançon.

—¿Pero cómo los vincularon ustedes con la reparación de un reloj totalmente diferente, en este caso el reloj astrológico de Lyon?— Pregunta la Sra. Dilletante.

—Esa no fue una deducción lógica como la de identificar las imágenes de los tres hombres, sino más bien un acto de fe. Había un reloj que necesitaba reparación, entonces, intuitivamente inferimos que había que repararlo,— digo.

—¿Cuál fue entonces la virtud común que para ustedes seis exhibieron el Temperatore, los relojeros, el escultor y su musa?— Pregunta la Sra. Dilletante.

Una vez más estamos preparados para la pregunta clave del momento y respondemos al unísono:

—¡Tolerancia!

—Brillante, simplemente brillante,— dice la Sra. Dilletante con una sonrisa radiante en su rostro, ya casi están allí, no bajen la guardia,— dice lanzándonos besos y desapareciendo en un siseo.

Su librería de libros antiguos también se desvanece con ella.

Todos volvemos a estar parados en lo alto de L'arc D'Triumph contemplando un glorioso cielo despejado. La hermosa vista de la ciudad es impresionante. Mientras disfrutamos recorriendo lentamente las calles, los edificios y los jardines con la mirada, nos encontramos con la silueta icónica de nuestro próximo destino. Allí está erguido el obelisco atemporal de París, la torre Eiffel; el sitio de nuestros últimos seis desafíos para convertirnos en verdaderos magos.

Capítulo 10

EL DESAFÍO DE LA TORRE EIFFEL

Bajamos al nivel de la calle utilizando nuestras extremidades pegajosas y por precaución extrema en el camino hacia abajo decidimos volvernos invisibles y cambiar a comunicaciones mentales únicamente.

A pie de calle, caminamos por la elegante Avenue Kebler rumbo a nuestro destino.

Pronto nuestros compañeros se unen a nosotros. Thumpbee como de costumbre en mi hombro y Buggie flotando justo encima mío.

—Ustedes se han ganado un nuevo poder con las grandes alabanzas de la Sra. Dilletante. A partir de ahora podrán usar todos sus poderes en tus últimos seis desafíos,— dice el hombre diminuto.

—¿Qué hay de ustedes?— Pregunto.

—¿También nos quieren en la torre Eiffel?— Thumpbee pregunta ya que los zumbidos intensos e intermitentes de Buggie parecen indicar que al insecto volador le gusta mucho la idea.

—Ok, espera un segundo déjame consultar con mi padre... perdón, el Orloj,— dice y desaparece.

Justo después Buggie hace lo mismo.

No necesitamos esperar mucho. En menos de un minuto, vuelvo a sentir el ligero golpe en mi hombro.

—El Orloj se rio mucho mientras estuvimos con él,— dice Thumpbee.

Buggie también está de regreso.

171

—¿Y Qué dijo?— Pregunta Breezie.

—Que se habría sentido muy decepcionado si no lo hubieran pedido. Así que tenemos su bendición,— dice el hombre diminuto.

A medida que avanzamos por la calle real, comenzamos a sentir el peligro. Pronto empezamos a verlos, están por todas partes; criaturas traslúcidas en los árboles, en los balcones, flotando en el aire. Figuras horribles: gárgolas, brujas, piratas de dientes de oro tuerto; todos parecen estar tratando de encontrarnos.

'Stop', piensa Breezie colocando su brazo sobre el pecho de Firee para bloquear su camino.

Breezie señala al suelo porque Firee está a unos centímetros de golpear una lata de refresco. Reanudamos nuestro andar ahora moviéndonos con mayor cuidado, conscientes de lo que yace en el suelo. Temor es la peligrosa sensación que se construye dentro de nosotros. Toda la calle está llena de formas amenazadoras. Solo cuando giramos a la izquierda para enfrentar la Torre Eiffel, la sensación de peligro comienza a disminuir. Cuanto más nos acercamos, más alta parece la torre icónica y menor se vuelve la sensación de peligro.

"El desafío del Respeto"

Una vez que estamos en la base de la torre tenemos que tomar una decisión: subimos por las escaleras o por uno de los ascensores. La decisión no es difícil y nos decidimos por el más complicada: enseguida empezamos a subir las estrechas escaleras al aire libre.

Un hermoso y soleado día se filtra a través de la estructura de la torre. Estamos rodeados de barras de acero marrón y enormes tornillos de todas las formas y tamaños. Cuanto más escalamos más encerrados en metal. Ahí es cuando escuchamos una conmoción a lo lejos que hace vibrar la estructura metálica sobre la que estamos parados. El estruendo crece y nosotros no podemos creer lo que ven nuestros ojos. Como una película que avanza rápidamente, vemos grúas brotar y erigirse en segundos, la construcción se lleva a cabo a una velocidad asombrosa. Al principio no podemos distinguir lo que se está construyendo, hay cuatro estructuras agrupadas como un cuadrado, subiendo al mismo tiempo, pero a medida que cada uno llega a unos pocos pisos de altura, podemos ver el esqueleto de metal comenzando a tomar forma y nos parece cada vez más familiar; cuando ya va un poco más alto y las cuatro estructuras se conectan a través de una sola plataforma, se vuelve demasiado obvio.

—¿Una Torre Eiffel gemela? Eso parece,— digo.

Solo toma unos minutos más y una copia al carbón de la torre está ante nosotros completamente terminada y brillando por todas partes.

—Es translúcida,—señala Reddish.

Justo encima de nosotros, escuchamos un zumbido metálico continuo. Entonces vemos a alguien pilotando una bicicleta, aparentemente flotando en el aire, que se acerca a nosotros a gran velocidad.

—Chicos, miren, hay un cable alto que conecta las dos torres, la bicicleta pasa sobre él,— señala Breezie, está montando en el cable en los rines no tiene neumáticos.

La bicicleta la conduce un hombre que lleva un mono blanco de la cabeza a los pies. A medida que se acerca, podemos ver que la bicicleta tiene dos asientos y dos volantes orientados hacia extremos opuestos. El hombre de la bicicleta llega a la torre al final del cable y ahora está estacionado justo enfrente de nosotros. Mientras se sostiene a la estructura de la torre con una mano, parece darse cuenta de nosotros seis y con un dedo nos invita a acercarnos aún más. Como no sentimos ningún peligro, lo hacemos.

Estamos en una pequeña abertura en la estructura de la torre a centímetros de distancia de él mirando hacia el punto donde el cable se conecta con la Torre Eiffel.

—¿No tienes miedo?— Pregunta Greenie ingeniosa a la extraña figura.

—Tonto de tu parte Greenie no vez que es un mago, ¿cómo podría estar asustado?— Contrarresta Breezie.

Vemos a la figura haciendo gestos nuevamente. Primero se señala con un dedo a sí mismo y luego con el mismo dedo nos apunta y finalmente apuntan al segundo asiento de la bicicleta.

—Parece mudo,— dice Reddish.

—Eso no lo sabemos. Es seguro que es un mimo,— dice Firee mientras el acróbata se ríe aparentemente de acuerdo con todo lo que estamos diciendo.

El mimo una vez más nos invita.

—No me monto en esa cosa, ¿estás loco?— Greenie le espeta al mimo.

Breezie, por otro lado, da un paso adelante y se monta en el asiento delantero de la bicicleta mientras el mimo la sostiene firme. En un movimiento rápido, el mimo toma el asiento trasero y comienza a pedalear mientras Breezie reacciona y hace lo mismo de forma apresurada y torpe. El último gesto facial que vemos de Breezie es de pánico junto con un grito prolongado.

Entonces sucede lo inesperado, el mimo salta de la bicicleta y aterriza en perfecto equilibrio sobre el cable dejando a Breezie pedaleando solo. Después de un rato, vemos a Breezie mirando hacia atrás y la bicicleta balanceándose hacia un lado. El atletismo de Breezie se activa e instintivamente aumenta la velocidad y endereza la bicicleta. Mientras tanto, el mimo camina detrás de Breezie perdiendo cada vez más distancia a medida que avanzan. Todos observamos muy nerviosos.

'Breezie recuerda que puedes flotar', pienso para que él y todos lo escuchen.

'Pero solo uno de nosotros puede flotar a la vez', nos recuerda Firee.

'Gracias, Blunt. Nunca había estado tan asustado en mi vida', reflexiona Breezie cuando lo vemos llegar al otro extremo del cable en la versión translúcida de la Torre Eiffel.

'Podrías haberlo hecho sin nuestro poder de flotar', señala Greenie.

'De hecho, lo hice, pero no se lo recomendaría a nadie', responde Breezie.

Poco después vemos que el mimo también llega al otro extremo del cable. Breezie desembarca y el mimo se acerca a la derecha de nuevo en la bicicleta. Una vez más, cuando nos alcanza, nos hace la misma invitación. Todos dudamos.

—Checkered, vamos, cabalga conmigo. Si es necesario, te flotaré y te llevaré.—le digo.

Su expresión facial de miedo total desaparece. Esta vez el mimo nos empuja por detrás mientras empezamos a pedalear. De lo que no nos hemos dado cuenta es que el cable se balancea ligeramente hacia arriba, hacia abajo y hacia los lados. Sentimos como si estuviéramos a punto de caer y solo la velocidad de la bicicleta que mantenemos al pedalear fuerte evita que esto suceda. Permanecemos rígidos como si con cualquier pequeño movimiento o inclinación perderíamos el equilibrio.

'No mires hacia abajo, ni a la izquierda ni a la derecha. Concéntrate solo en el camino a seguir', pienso para que Checkered me escuche.

Cuando llegamos al otro extremo, me agarro con firmeza a una barandilla de la torre translúcida. Al liberar toda su tensión, Checkered clava sus uñas en mi brazo y comienza a temblar. Breezie y yo la ayudamos a desmontar la bicicleta y entrar en la torre translúcida. Antes de que nos demos cuenta, el mimo ha llegado caminando por el cable y se ha marchado una vez más en la bici. Pillados por sorpresa no nos damos cuenta de que Breezie nos deja y va flotando hasta que llega suavemente a la bicicleta en movimiento y se sienta detrás del mimo que por los movimientos de su cuerpo está totalmente conmocionado.

'Fue a buscar a las chicas', señalo.

Pero solo estoy parcialmente en lo cierto, en realidad hace tres viajes de ida y vuelta ya que nuestro genio no atlético Firee también necesita ser tomado de la mano y cruzado.

Una vez que todos estemos a salvo procedemos a escalar la estructura translúcida, pero no trepamos mucho ya que la vista a nuestro lado izquierdo captura totalmente nuestra atención. El interior de la torre translúcida es una estructura hueca que crea un atrio inmenso. El lugar está todo iluminado y lleno de trapecios y acróbatas balanceándose, luego saltando en el aire y aterrizando en algunos casos agarrando ambas manos en las barras de los trapecios y en otros siendo agarrados en el aire por otros acróbatas. Sucede tan rápido que no tenemos tiempo de reaccionar; un acróbata se balancea hacia nosotros, está sujeto al trapecio por sus piernas envueltas alrededor de dos cables y la barra, alcanza su altura máxima a centímetros de nosotros a la altura de los ojos. Luego, en el breve momento en que se detiene antes de retroceder, agarra las dos manos de Greenie y la lleva con él. La escuchamos gritar y vemos con horror mientras se balancea hacia el otro lado y en el camino hacia arriba es lanzada al aire. La vemos volar como una bola de cañón y cuando comienza a caer, otro par de manos agarran las de Greenie y se la llevan. Estoy a punto de enviarle un pensamiento para que flote cuando también de la nada otro trapecista agarra los brazos de Reddish y se balancea hacia abajo y lejos con ella. Fracciones de segundo más tarde, Checkered también se ha ido, seguida por Firee. Sorprendentemente, para Breezie y para mí solo nos entregan un par de barras de trapecios. Mientras pensamos qué hacer, el mimo nos empuja por detrás y nos quedamos en el aire agarrándonos de las barras que se balancean con el trapecio. En el camino hacia abajo ya sé que no tengo la fuerza para sostener el agarre por mucho tiempo, así que cuando llego al final del columpio, suelto el agarre y empiezo a caer. Pero tan pronto como me suelto, empiezo a flotar. En ese momento Breezie pasa a mi lado en su camino hacia abajo, habiendo perdido su agarre de la barra también. Lo persigo y lo atrapo a tiempo para detener su caída y luego lo deposito sorprendido en una de las plataformas laterales. Flotando recojo a mis compañeros, uno por uno, de sus trapecios oscilantes y los reúno a todos con Breezie. Completada mi misión de rescate aterrizo junto a ellos. Para nuestra gran sorpresa, otro acróbata aterriza junto a nosotros trapecio en mano y extiende una mano para que Reddish se una a él. Un segundo trapecista llega rápidamente e invita a Greenie. Luego, un tercero hace lo mismo con Checkered. Este es un momento crucial en nuestro desafío, cuando ellas me miran, asiento con la cabeza dándoles consentimiento y consuelo. Sorprendentemente, ninguno de las tres duda y se van en un instante. A continuación, Breezie, Firee y yo tenemos tres acróbatas entregándonos trapecios a cada uno de nosotros. Esta vez amarran nuestras muñecas a las barras del trapecio. A continuación nos alejamos. Los seis volamos divertidos por el espacio del atrio de la torre translúcida. Veo a Greenie, Reddish y Checkered divirtiéndose mientras son lanzadas al aire entre trapecios. Se ríen y disfrutan como lo hacemos mis dos compañeros Breezie, Firee y yo.

Una vez que todos regresamos a salvo a la plataforma, nuestra compañera ibérica abre la conversación.

—No vi ningún peligro, ¿qué hay de ustedes?— pregunta Reddish emocionada.

—La razón es que no había ningún peligro real,— digo, y de inmediato capto la atención de todos.— Después de todo, esto es un desafío,— agrego.

—Eso es absolutamente cierto, querido Blunt,— dice nuestro mentor y anticuario de libros Cornelious Tetragor,— Felicitaciones, jóvenes magos, habéis logrado superar el desafío del respeto,— dice y después de una leve inclinación de cabeza desaparece.

—Tenía pocas palabras,— observa Breezie.

—Tetragor fue formal para que nos mantengamos enfocados y no nos volvamos demasiado confiados,— digo.

—¿Y ahora qué hacemos?— pregunta Greenie,— Ah ... lo sé ... Thumbpee, Buggie, ¿pueden mostrarse?— Dice riendo.

"El desafío de la Indiferencia"

—Ahí están nuestros guías de confianza o mejor dicho nuestros compañeros, por primera vez en uno de nuestros desafíos,— dice Greenie.

—Tengo dos cosas que decir, las fuerzas malignas de la oscuridad y las artes ocultas no pueden alcanzarte mientras estás en la Torre Eiffel virtual. Presta mucha atención a una de tus lecturas con el Sr. Kraus, no todo es lo que parece y no todos quieren decir lo que dicen,— dice el hombre diminuto mientras, como de costumbre, se sienta en mi hombro.

—Thumpbee, ¿cuál de las dos torres se supone que debemos escalar?— pregunta Checkered.

—Tu pregunta me sorprende, ¿no es ya obvio para ti?— responde el hombre minúsculo y se desvanece con disgusto.

—Ambas, Checkered, ambas,— dice Firee.

—¿Cómo lo sabes?— presiona ofuscada.

—¿Para qué estamos en ellas si no es con ese propósito?— Firee argumenta cerrando el tema.

Checkered gira nerviosa para mirar las acrobacias que tienen lugar al otro lado del atrio cuando lo nota.

—Chicos, miren todo el camino hacia arriba.

Todos vemos en la parte superior de la torre, desde el ángulo que estamos mirando, dos letras brillantes al estilo de Las Vegas: L & L

—¿Cuál es el significado de esas dos letras?— Pregunta Greenie.

—Podemos ir y averiguarlo,— responde Breeze y comienza a subir las escaleras.

Seguimos subiendo las estrechas escaleras al aire libre de la torre traslúcida. Solo hay un problema, las escaleras de repente se convierten en mecánicas que se activan solo en modo descendente. Y cuanto más rápido subimos, más rápido descienden los escalones de la escalera mecánica. Breezie lidera el camino con sus instintos atléticos y se hace cargo; mientras sube, explora el pasamanos para ver si es más fácil caminar sobre él. No se puede hacer. También se mueve hacia abajo a la misma velocidad. Luego lo vemos tratando de flotar. ¡No puede! El techo se ha cerrado sobre nosotros, luego lo vemos buscando espacio entre la barandilla y la estructura de acero traslúcido. ¡No hay espacio! Mientras, tanto seguimos estancados sin ganar terreno frente a los escalones que descienden rápidamente. Lo próximo es que Breezie reduce la velocidad hasta que alcanza un ritmo que, aunque bastante rápido, es quizás solo 3/4 de la velocidad más rápida que ha probado hasta ahora. Todos seguimos su ritmo y notamos que con mucho esfuerzo empezamos a progresar en la escalada. Breezie afina el ritmo un poco más aumentándolo. Ahora subimos de manera constante a cámara lenta mientras nuestras piernas aún continúan moviéndose extremadamente rápido contra una cascada de pasos descendentes. Tardamos bastante en llegar a la cima. Todos estamos sudando y sin aliento cuando tenemos la plataforma superior a nuestro alcance. Entonces ocurre lo inesperado y nos toma a todos desprevenidos. En un instante, todos los escalones se caen y se pliegan, haciendo que la superficie de la escalera mecánica se convierta en un tobogán grasiento. Tumbados sobre nuestro trasero, comenzamos a descender a gran velocidad. Intentamos agarrarnos a los pasamanos pero están llenos de grasa. Después de innumerables giros y vueltas, llegamos hasta nuestro punto de partida original, nos paramos en la plataforma frustrados y miramos la azotea lejana donde estuvimos hace un tiempo. Inesperadamente, el mimo está de regreso y señala seis tirolinas paralelas justo enfrente de nosotros. Los cables descienden hasta la planta baja del atrio de la torre translúcida.

—¿Nos está pidiendo que bajemos cuando tenemos que subir?— Dice Greenie en voz alta.

Sus palabras suenan familiares y nos llevan a todos de regreso a Praga y a la lectura introductoria que cada uno de nosotros tuvo con el Sr. Kraus.

—Un mundo al revés—, digo.

—Para subir tienes que...— empiezo a decir y todos completamos la frase.

—Tienes que bajar y viceversa.

El mimo nos ata a cada uno a las tirolinas pero no deja que nadie se vaya hasta que estemos todos listos. Luego nos indica que comencemos a bajar la línea. En el momento en que comenzamos, sucede lo más asombroso. Desafiando las leyes de la gravedad todo a nuestro alrededor comienzan a girar, sucede a medida que cobramos más y más velocidad. ¡Nuestro destino se ha invertido! En lugar de la planta baja, ahora el nuevo fondo es la parte superior de la torre. Para nuestra caminata en tirolina la torre se ha volcado. Cuando llegamos a nuestro destino, el mimo nos espera, pero no nos deja bajar, primero ata los cables de nuestros arneses al piso de la plataforma y luego nos da el visto bueno. Todos caminamos hacia nuestro destino aunque antes de tocar el suelo nuestro entorno gira 180 grados. Ahora estamos colgando de las líneas unidas a la plataforma y la torre ha vuelto a su posición natural, ya no está al revés. Luego, el mimo nos lleva uno a uno a la plataforma de acero donde el letrero gigantesco L & L está encima de nuestras cabezas. Nos encontramos con unos escalones estrechos a un lado y llenos de curiosidad los subimos sin saber que nos espera la sorpresa de nuestras vidas. Al final de las escaleras llegamos a lo más alto de la torre donde hay una habitación cerrada de vidrio y acero, gloriosamente llena de muebles y adornos Luis XV. En el centro de la habitación están dos jóvenes parecidos a Clark Gable y Alain Delon. Uno está vestido con toda la indumentaria militar; medallas, cintas y todo y el otro está vestido en un marcado contraste como un pirata, aunque pulcramente vestido y aparentemente rico.

—Bienvenidos jóvenes magos, mi nombre es Lafayette, Marqués de La Fayette,— dice el militar.

—Encantado de conocerlos, mi nombre es Lafitte.

'Chicos, para aquellos de ustedes que no lo sepan, durante algún tiempo estos dos fueron los franceses más famosos de América', pienso para que todos lo escuchen.

—Tienes razón, Blunt— dice LaFayette leyéndome la mente— Ayudé y luché por los estadounidenses, incluido el general Washington, en su guerra de independencia contra Inglaterra,— agrega.

—Y yo causé estragos en el Caribe contrabandeando cualquier cosa de alto beneficio y capturando cualquier riqueza que se nos cruzara en la mira,— dice Lafitte.

—Un luchador por la libertad y un pirata al mismo tiempo, cada uno una leyenda por derecho propio,— dice Firee.

—Bueno, es hora de que experimente de primera mano lo que hicimos,— dice LaFayette.

—Y porque en el análisis final éramos dos lados de la misma moneda,— añade Lafitte.

Una pantalla del piso al techo se abre deslizándose como una cortina que cubre toda una pared de la habitación. Para nuestro asombro cuando comienzan las imágenes, nuestros dos anfitriones simplemente caminan hacia él, y justo después comienzan las imágenes que nos cautivan de tal manera que nos sentimos como si estuviéramos presentes en los eventos que están ocurriendo. La narración que sigue nos lo explica todo claramente.

"Lafitte versus Lafayette"

En lo profundo del pantano de Luisiana,
la banda andrajosa de forajidos,
Bucaneros en la tierra y los mares,

descargan las riquezas,
que robaron hace solo unos días
a una armada española que diezmaron a la nada
en una sangrienta batalla de los mares.
Su líder, el apuesto Monsieur Lafitte
es una especie de Robin Hood
robando de algunos
que acaparan más de lo que necesitan
y dándoselo a muchos otros
que realmente tienen un uso para ello.
Esta noche su alijo de armas robadas
está cambiando de manos por nada;
a lo largo de las aguas fangosas y tranquilas,
cajas de madera se mueven
a través de una cadena humana,
contienen municiones, mosquetes y pistolas.
Los insurgentes revolucionarios Norteamericanos
reciben con algarabía
los oportunos suministros de guerra
que les ha traído el pirata Lafitte,
forajido bravucón,
que roba de imperios en decadencia
y se los da a quienes construyen uno nuevo,
libertadores revolucionarios que luchan
por formar un gran y poderoso país,
Los Estados Unidos de América.
A lo largo de las orillas del río Delaware,
En medio de la noche,
una enorme flotilla de la armada francesa está en guardia,
dando protección a la operación clandestina,
un valiente visionario
dirige la flotilla

e instiga la arriesgada misión,
un apuesto joven militar francés;
un profundo "conocedor"
de los asuntos de las colonias inglesas
y un colaborador cercano
del general George Washington,
un Francés visionario
que forma parte del movimiento de independencia
para liberar las colonias de la corona británica.
El Marqués De LaFayette,
un oficial del ejército de otro país,
quien ha convencido a su propio gobierno
a que acepte los botines ilícitos del pirata Lafayette
y les sean entregados
a las tropas de los libertadores revolucionarios
bajo el mando del general Washington,
para así proveerles el armamento necesario
mientras luchan para formar un gran y poderoso país,
los Estados Unidos de América.

'Exactamente como dijeron. Dos caras de la misma moneda', reflexiono.

Al separarnos del valiente dúo como una señal de profundo respeto todos inclinamos la cabeza por permitirnos echar un vistazo a la guerra de independencia estadounidense.

Estamos de regreso a una plataforma en lo alto de la torre translúcida, allí nos espera con una gran sonrisa nuestro anticuario y mentor de libros Lazarus Zeetrikus.

—Bien hecho, jóvenes magos. Estoy muy orgulloso de ustedes. Acaban de demostrar su dominio sobre el vicio de la indiferencia. Pocos desafíos más y ya está. Pero presten atención ya que serán difíciles en todo momento,— dice mientras se quita el sombrero y desaparece en un instante. Thumbpee y Buggie están de vuelta. Esta vez no necesitamos llamarlos para variar.

—Todos han caminado a través del fuego y el hielo. Ahora tendrán que aprender a caminar sobre el aire... ¡Ah! Antes de que lo olvide. Como las leyes de la física no existen en ese espacio, ninguno de ustedes podrá flotar entre las torres, el campo magnético que se extiende entre las dos torres los derribará,— dice Thumbpee antes de desaparecer nuevamente.

Buggie sale de la habitación al aire libre y apunta hacia abajo con su diminuto rayo láser verde que llega hasta la base de la torre. Luego, con su intenso zumbido, Buggie vuela a gran velocidad.

"El desafío del Desinterés"

No entendemos lo que significa su pista por lo que nuestro primer instinto es bajar las escaleras, pero cuando Greenie se dirige a la esquina de la habitación, la entrada a las escaleras no está más allí. Breezie lo entiende antes que todos nosotros, por lo que no pierde el tiempo y sale. ¡Cuando lo miramos afuera extiende una pierna tratando de encontrar un equilibrio en el aire! Para su sorpresa y la nuestra, rápidamente lo encuentra a su derecha. Ahora, sentado en la repisa, palpa con ambos pies juntos y se da cuenta de que la superficie invisible frente a él es lo suficientemente ancha para ambos pies; en un movimiento continuo se pone de pie y ahora está literalmente de pie en el aire. A continuación, Breezie abre sus pies con cuidado hasta que alcanza los bordes a ambos lados del escalón invisible. Luego examina cuidadosamente los bordes frontal y posterior. Sus movimientos nos dan una idea del tamaño del rellano. Breezie ahora se sienta en el escalón invisible con las piernas nuevamente colgando del borde. Justo en frente de él, aunque un poco más abajo, encuentra otro escalón con la punta de sus pies.

—Intenta ver si hay un pasamanos, Breezie,— le digo.

Ahora está en el escalón invisible y parece más seguro. Con las manos, prueba el aire a la altura de su cintura y, efectivamente, lo encuentra. Todos vemos la expresión de felicidad en su rostro. Ahora con decisión, sostenido por la barandilla invisible, da el primer paso, luego el segundo; el pasamanos le sirve de guía tanto para la dirección como para la pendiente descendente. Desde nuestra perspectiva, vemos a Breezie caminando por el aire, descendiendo suavemente en una trayectoria similar a una serpiente. Pero nos espera otra sorpresa cuando yo decido seguir a Breezie. En el último segundo, un presentimiento me impide dar el primer paso donde estaba Breezie y me siento como él colgando mis piernas al borde del techo. Ahora puedo apreciar el abismo frente a mí mientras el vértigo se arrastra por mis venas. Desde el rabillo del ojo, incluso si no quiero, puedo ver todo el camino hasta la base de ambas torres, pero no encuentro un primer escalón. Instintivamente empiezo a deslizarme hacia el costado del borde tanteando con los pies hasta que a mi izquierda encuentro mi primer escalón.

'Chicos, cada uno de nosotros tiene su propio conjunto de pasos. Tienen que sentarse suavemente en el borde del techo como Breezie y yo'.

Mientras tanto, me paro en el primer rellano como lo hizo él y encuentro el pasamanos; empiezo a bajar, aparentemente caminando en el aire también. Pronto, los seis comenzamos a serpentear hacia abajo cuando de repente vemos a Breezie

186

colgando del pasamanos que se balancea de regreso al paso precedente.

'Mi escalera termina aquí', piensa para que todos lo escuchemos.

El problema es que él está solo a la mitad y nosotros estamos un poco atrás. Todo el mundo se detiene por precaución y sin confianza en nuestros caminos individuales. 'Ahora que lo pienso, todos hemos estado sujetando la barandilla izquierda de las escaleras', señala Firee.

'¿Hay barandilla en el lado derecho? ' pregunta Greenie.

'No sé. Pero también podemos averiguarlo', reflexiona Breezie.

No le toma tiempo encontrarla. Sosteniendo la barandilla del lado derecho vuelve a subir y unos veinte pasos más tarde encuentra una interrupción en el pasamanos; enseguida palpa con los pies y nos avisa que ha encontrado un rellano al mismo nivel. A continuación, lo vemos entrando en él buscando una vez más un pasamanos, pero no encuentra ninguno.

'Chicos, estoy perdiendo el control de mi posición'.

'Breezie, pero estás parado', pienso.

Pero luego vemos cómo los pies de Breezie se extienden lentamente hasta que caen sobre su trasero y comienza lo que parece ser un tobogán flotando en el aire. Está zigzagueando por el aire descendiendo por un tobogán invisible que no parece tener mucha inclinación. Pero eso está a punto de cambiar pues gana velocidad a medida que desciende el tobogán invisible; da un giro brusco a la derecha y luego uno a la izquierda, escuchamos su primer grito cuando da un salto hacia arriba y cae con fuerza, le sigue un salto hacia abajo con un aterrizaje más fuerte; ahora a una velocidad mucho más alta es impulsado hacia arriba como una bala de cañón.

Breezie sube casi todo el camino de regreso a nuestro nivel gritando sin parar y cae en caída libre hasta el final. Justo llegando al suelo, golpea una especie de red invisible que lo frena hasta que lo vemos saliendo de lo que sea que lo sujete al suelo. El resto de nosotros, uno a uno, bajamos por la barandilla derecha hasta Luego, con emociones encontradas, caminamos y nos zambullimos de una manera igualmente espectacular.

Pronto volveremos a estar todos en la base de la Torre Eiffel original. Ahí es cuando escuchamos las quejas familiares por segunda vez y después del estruendo y temblor vienen las grúas, pero la película esta vez va en retroceso. La torre comienza a deshacerse de arriba a abajo. En unos minutos, la copia translúcida de la torre disminuye rápidamente hasta alcanzar el nivel del suelo, luego las grúas desaparecen y los terrenos exuberantes y verdes detrás de la torre Eiffel vuelven a su esplendor.

Tan pronto como salimos del shock, el primero en reaccionar es Reddish quien corre y abraza a Breezie, el resto de nosotros seguimos y pronto estamos abrazados en pila- Incluso, aunque sea brevemente, lo levantamos del suelo como el héroe de este desafío. Para colmo, recibe varios besos en las mejillas de las tres chicas.

Thumbpee y Buggie solo hacen una breve aparición y desaparecen rápidamente.

—En su próximo desafío, el poder de su portal no funcionará,— es lo único que dice Thumbpee.

"El desafío del Altruismo"

Sintiéndonos relajados, caminamos por segunda vez hasta la entrada de la torre. Curiosamente, todas las escaleras de la torre y los puntos de acceso están cerrados; las únicas opciones son los ascensores. Sin pensarlo demasiado, abordamos uno de los ascensores y seleccionamos el primer nivel, pero cuando las puertas se cierran con estrépito todos tenemos la sensación de peligro. Demasiado tarde. El ascensor se dispara a tal velocidad que la piel de nuestro rostro se estira como si estuviera hecha de goma. Nuestros gritos y chillidos son acallados por el rugido del ascensor que pasa a gran velocidad por sus rieles metálicos. Todos nos sentamos apretados unos contra otros en el suelo. El ascensor comienza a frenar con fuerza, tanto que parece que se va a romper. Las luces del suelo indican que hemos llegado a la cima, pero no hay tiempo para la comodidad. El ascensor salta dos veces y luego se precipita en caída libre a una velocidad vertiginosa, mientras nos agarramos tan fuerte como podemos. La fuerte sensación de peligro me arroja a un estado de emergencia total. Intento pensar, pero las fuerzas de la gravedad me están aplastando por completo. Las luces del piso nos hacen bajar a mitad de camino. Entonces me doy cuenta del peligro.

'Tenemos que salvarnos a nosotros mismos', pienso.'

'¡Escudo!', reflexiona Breezie.

Todos estamos sentados contra el suelo cuando el escudo de la cúpula nos cubre.

'Flota', pienso.

A continuación me coloco en el techo de la cúpula. Luego, empujada por mis esfuerzos flotantes, la cúpula comienza a flotar en la cabina del ascensor y casi llega al techo. Ahora estamos protegidos de algunas de las fuerzas de la caída. Luego, con una fuerza tremenda, chocamos contra el suelo a máxima velocidad. El piso del ascensor se va aplastando hacia nosotros que nos preparamos para el impacto pero se detiene justo antes. Las paredes también están dobladas, pero al flotar, ninguna superficie nos impacta. Entre los seis, abrimos las puertas del ascensor y salimos. La primera cara que vemos de pie y esperando es la de nuestra abuela, anticuaria y mentora de libros, Lucrecia van Egmond.

—Felicidades queridos jóvenes, habéis superado, aunque con dificultades, el desafío del desinterés,— dice con una amplia sonrisa mientras nos abraza uno a uno.

—El último fue una trampa ¿no?— Pregunta Greenie.

—Lo fue, hecha por el gnomo enano. Solo les tomó un pequeño lapso de concentración, olvidando que las fuerzas del mal operan en la torre original. No se detuvieron a preguntarse por qué estaban cerradas las escaleras, además, ingresaron al ascensor tan rápido que solo sintieron la sensación de peligro cuando era demasiado tarde y ya estaba adentro. Sin embargo, de alguna manera encontraron una solución brillante para superar lo que seguramente habría terminado con su búsqueda. La ejecución del desafío de los pasos invisibles como equipo y el desinterés de Breezie fue excelente. Mantenga la guardia, sin embargo,— dice la Sra. van Egmond antes de desaparecer.

Conmovidos nos miramos con gestos de desagrado, nadie está contento con el incidente del ascensor.

—¿No es irónico? Hemos completado cuatro desafíos, pero todavía estamos en la base de la Torre Eiffel,— dice Reddish con sarcasmo, rompiendo el mal humor colectivo en el que todos estamos.

Damos la vuelta para comenzar nuestro ascenso y, para nuestra sorpresa, los ascensores están en perfectas condiciones y, naturalmente, las escaleras están abiertas.

'Chicos, vamos al modo invisible y solo a las comunicaciones con pensamiento', pienso para que todos lo escuchen.

"El desafío de la Sordera"

Subimos las escaleras con los ojos bien abiertos. Después de un ascenso constante durante lo que parece mucho tiempo, una vez más estamos por encima de la ciudad luz en un glorioso día soleado. Al doblar una curva cerrada nos topamos con un restaurante, al menos eso es lo que dicen los letreros exteriores. Caminamos y encontramos un espacio abierto de un piso de altura hecho de acero y vidrio. Lo que nos espera es todo menos un lugar para comer comida gourmet francesa. Frente a nosotros hay seis anillos de electricidad, son delgados pero de gran tamaño; unos dos metros y medio de alto por dos de ancho. Sus chispas parecen vivas y salvajes, muy visibles e intimidantemente ruidosas. Los anillos intensamente brillantes están organizados en un círculo a unos tres metros de distancia entre sí. Todos estamos hipnotizados por la visión cuando no nos sorprende que nuestro experta en física dé el primer paso. Como hipnotizada, Firee camina hacia el anillo más cercano. Una vez al frente, extiende su brazo hacia el centro del anillo antes de cruzarlo, pero la rechazada una chispa y una descarga eléctrica a juzgar por la reacción de dolor de Firee. Sin embargo, no se rinde. La vemos caminando fuera del círculo hacia el próximo anillo. Esta vez su brazo apenas se asoma dentro del anillo cuando rebota con menos intensidad. Lo mismo sucede con su tercer intento y es en su cuarto intento cuando su mano finalmente cruza el círculo.

'Amigos, este es mi círculo', piensa volviéndose hacia nosotros con una gran sonrisa.

Uno a uno empezamos a probar los otros cinco anillos de chispas. Reddish y Breezie encuentran sus anillos pero Greenie, Checkered y yo probamos cada uno de los tres anillos restantes pero somos rechazados por todos, una vez

191

más todos estamos desconcertados... excepto Firee. Su mente lógica no se desanima fácilmente.

—Greenie, prueba el anillo de Breezie,— dice.

También lo rechaza.

—Ven, prueba el mío.

Y esta vez funciona.

Checkered prueba mi anillo y funciona y Reddish también tiene éxito con el de Breezie.

—Parejas, chicos, nos han configurado como parejas,— dice Firee.

—Pero, solo estamos usando tres de los anillos,— afirma Greenie con su habitual exuberancia.

—Debe haber una buena razón para ello, apuesto que los usaremos,— dice Firee preparando el escenario.— Es hora de entrar entonces,— dice y todos lo hacemos en tándem.

Checkered y yo entramos en una habitación blanca y vacía. Su brillo nos ciega brevemente hasta que nos adaptamos. El suelo, las paredes y el techo bajo están hechos de pequeños paneles cuadrados. Su color es generado por la luz de fondo. Checkered y yo estamos juntos cuando un panel a su derecha se vuelve rojo por una fracción de segundo, luego, justo encima de mí, un panel se vuelve verde por un breve momento. Luego, en rápida sucesión, varios paneles se iluminan en diferentes colores. Pronto nos bombardean con destellos de color de todos los paneles de la habitación hasta que se detiene y toda la habitación se vuelve blanca de nuevo. Ni Checkered ni yo hemos descubierto nada todavía. Luego comienza de nuevo el parpadeo, pero esta vez, al menos al principio, podemos seguir la secuencia: un panel a su derecha se vuelve rojo, el de arriba se vuelve verde.

—¿Notaste que hay una pausa entre la secuencia de parpadeo del panel uno al dos y el ritmo se acelera incontrolablemente?— Digo.

—Ahora que lo pienso, sí, pero ¿cuál es el significado?— Pregunta.

—¿Quizás algo que debemos memorizar?— Pienso en voz alta.

—¿Y el momento de hacerlo es en la pausa?— Dice.

Y eso es lo que hacemos. Durante la breve pausa Checkered presiona el panel rojo y yo el verde; Continuamos hasta completar con éxito la secuencia de diez paneles antes de que se descontrole. En el momento en que lo hacemos, toda la habitación parpadea como si nos felicitara.

—Así que tenemos que hacerlo antes de que los paneles se vuelvan locos,— digo.

Notamos que un panel en el extremo opuesto se ha vuelto translúcido.

—Esa es nuestra recompensa, tenemos que ganar lo suficiente para salir,— digo.

Entonces se vuelve más difícil. Ahora, la secuencia no solo es diferente sino que todos los paneles parpadean en rápida sucesión y, a veces, solo una vez; otros dos, incluso tres veces de forma aleatoria. La secuencia también es más larga. Inmediatamente después de que las luces del panel se vuelven locas, me pregunto en voz alta:

—No estoy seguro de haber memorizado la secuencia todavía, ¿qué hay de ti?

—Casi todo, ¿quieres probar?— Checkered pregunta.

—Muy bien, no hay nada que perder,— le digo.

Una vez que llegamos a la pausa, lo intentamos. Checkered presiona dos veces un panel rojo y yo presiono una vez uno amarillo; luego ella presiona tres veces uno púrpura;

vacilando muy brevemente presiono una vez una negra y me doy cuenta un poco tarde de que debería haberla presionado dos veces. De repente toda la habitación se oscurece seguida de un sonido ensordecedor y chirriante y volvemos a una habitación completamente blanca. Pero la habitación no solo se ha vuelto significativamente más pequeña, ¡el único panel transparente se ha vuelto blanco nuevamente! Volvemos al punto de partida. El panel de la habitación destella la primera secuencia una vez más y lo imitamos con facilidad. En nuestra segunda secuencia tenemos cuidado en memorizar bien la secuencia antes de intentar presionar los paneles con el mismo orden secuencial. Nuestra memoria y capacidad de retención se han expandido mucho. Una vez que tenemos suficientes paneles transparentes se forma una puerta y los destellos se detienen por completo. Pero cuando intentamos cruzarla no es posible, cada uno de nosotros prueba y no se puede hacer. Luego, la habitación vuelve a oscurecerse. Lo que sucede a continuación es al principio incomprensible y luego fascinante: primero notamos como pequeños puntos de luz en el suelo y el techo, simultáneamente y en cámara lenta delgados rayos láser de múltiples colores comienzan a caer del techo y otros se elevan desde el piso. Ahora tenemos innumerables rayos láser que bloquean el camino entre nosotros y la puerta traslúcida. Checkered intenta tocar uno de los rayos con la punta de sus dedos pero inmediatamente los retira.

—Está ardiendo,— dice.

Yo lo intento pero no es posible. Todos probamos, inclusive dos juntos, pero no se puede hacer.

Sin embargo, recordando el acercamiento de Firee sigo adelante, toco algunos más y me quemo cada vez hasta que en mi cuarto intento un rayo láser azul está completamente frío. Los ojos de Checkered brillan de asombro. Lo agarro y trato de moverlo hacia adelante. Nada. Y al revés y de lado tampoco. Pero cuando trato de rotarlo ¡se mueve! Luego giro el rayo láser 45 grados hasta que esté en la posición de las 9 am en un extremo y en la posición de las 3 pm en el otro extremo frente a nosotros. Cuando eso sucede, escuchamos que algo se desbloquea pero no es visible para nosotros. Intuitivamente le pido a Checkered:

—Inténtalo de nuevo.

Ella lo hace y en su primer intento es capaz de agarrar un rayo láser amarillo, sin embargo, cuando intenta rotarlo, no puede. En su último movimiento puede deslizar el rayo láser hacia la izquierda hasta que se desbloquea. Una vez más escuchamos el sonido de algo pero no podemos verlo.

—Blunt, mira la mitad inferior de la puerta traslúcida.

Me doy la vuelta y me doy cuenta de qué se tratan los sonidos de desbloqueo: la puerta traslúcida se levanta por escalones. ¡La mitad ya está abierta! Es mi turno y después de adivinar la secuencia a la derecha, deslizo mi láser hacia la derecha hasta que calza y desbloquea. Nuestra puerta está ahora a tres cuartas partes del camino hacia arriba. El láser de Checkered gira 45 grados antes de calzar y el último mecanismo de desbloqueo abre completamente nuestra puerta. Luego, todos los demás rayos láser se retiran y se esconden en el techo o en el piso. Apresuradamente, nos dirigimos hacia la puerta pero antes de nuestro segundo paso agarro el brazo de Checkered y nos detenemos. Los cuatro rayos láser que hemos podido mover han formado un cuadrado perfecto que se encuentra justo frente a nosotros.

—Checkered esta es la puerta.

—¿Cómo lo sabes?

—Tenemos una opción, ¿cuál escogemos, la obvia?

—Te entiendo. ¿Hay alguna forma de estar seguro?

Me doy la vuelta y tiro mi reloj al aire hacia la puerta. Lo que sucede a continuación nos aturde. El reloj choca y arde al entrar en contacto con la puerta traslúcida.

—¡Blunt, mira!

Los rayos láser de la estructura cuadrada se difuminan y comienzan a desvanecerse.

—¡Salta!

Ambos nos sumergimos en la plaza como si saltáramos a una piscina. Casualmente, nuestra experiencia en la gimnasia escolar nos sirve bien ya que somos capaces de rodar al llegar al suelo. Estamos de vuelta en el restaurante vacío de la Torre Eiffel, tendidos entre dos anillos eléctricos activos y encendidos. Me doy la vuelta y veo a Breezie y Reddish tirados en el suelo, también entre otros dos anillos. En ese momento vemos a Firee y Greenie volando simultáneamente desde otro anillo. Su llegada no es tan elegante como la nuestra: Firee aterriza sobre su pecho y Greenie literalmente sobre su trasero.

Nos miramos como si estuviéramos en mundos separados que en alguna forma estamos. Poco a poco todos volvemos a la realidad sabiendo que no hay tiempo perdido.

Cada par de nosotros se dirige a su anillo adyacente. Primero lo intento con la mano y pasa sin problemas. Checkered hace lo mismo y tampoco tiene ningún problema. Luego caminamos juntos hacia nuestro segundo anillo de chispas. La habitación a la que entramos está construida completamente de acero y vidrio y tiene una magnífica vista sobre París. Todo está amueblado con telas de caoba y cuero, latón y cuadros. A un lado de una mesa de conferencias, hay cuatro hombres discutiendo animadamente entre sí. Al otro lado de la mesa hay dos grandes sillas de cuero. Checkered y yo tomamos asiento sin saber exactamente qué esperar. Los sonidos en la habitación son nítidos, podemos escuchar incluso la caída de un alfiler. La acústica es de absoluta alta fidelidad. En el momento en que nos sentamos, los hombres nos notan y nos hablan.

—Disculpen, caballeros, no entendemos ni una palabra de lo que están diciendo,— digo.

Los cuatro hombres ignoran totalmente mis palabras y continúan hablando sin parar.

—¿No pueden oírnos? Sus palabras no tienen sentido,« dice Checkered.

Sin pestañear, los cuatro hombres continúan hablándonos y discutiendo entre ellos; sus rostros muestran todo tipo de expresiones que van desde la ira hasta el nerviosismo, la risa, la burla y la seriedad.

—¿Pueden al menos reducir la velocidad y bajar el volumen?— Les digo.

Nuestras palabras son totalmente ignoradas mientras continúan hablando y mirándonos directamente a los ojos.

'¿Deberíamos levantarnos y marcharnos?' Pienso para que escuche Checkered.

'No estoy segura de que lo que se espera de nosotros sea renunciar a establecer contacto', responde.

'Saben que estamos aquí', reflexiono.

'Bien', responde Checkered.

'Pero parece que no les importa escuchar nuestras palabras'.

'Déjame probar algo', piensa Checkered.

Hace un gesto con las manos señalando su pecho, luego su boca, luego los señala a ellos, finalmente señala sus oídos y señala ahora moviendo su dedo puntiagudo de lado a lado.

Los cuatro hombres la observan con caras perplejas y en el momento que termina continúan exactamente donde lo dejaron, discutiendo entre ellos y hablando con nosotros mientras nos miran directamente a los ojos.

'No parecen estar escuchando', pienso.

—Caballeros, nos vamos a ir,— digo, aunque algo anda mal.

No puedo oírme a mí mismo. Me vuelvo hacia Checkered.

'No puedo oírme a mí mismo', pienso para que ella lo oiga.

'Te vi mover los labios, pero tampoco pude oír lo que dijiste', responde.

'Prueba tu', pienso.

La veo dirigirse a los hombres que la ignoran, tampoco puedo oírla. Entonces me doy cuenta.

'Háblame Checkered', pienso.

—Así, en lugar de pensar,— pregunta cuando ambos nos damos cuenta de que podemos escucharnos sin ningún problema, pero lo que nos sorprende es que los cuatro hombres hayan dejado de hablar y nos estén mirando.

'Ellos escucharon y prestaron atención en el momento en que hablamos entre nosotros,' pienso.

—¿Por qué crees que estos caballeros solo parecen escucharnos y prestarnos atención cuando hablamos entre nosotros?— dice en voz alta enfatizando cada palabra para que la escuchen los cuatro.

—Jóvenes magos, en efecto, rompieron el hechizo en el momento que empezaron a hablar entre ustedes. Ahora ven cómo se sienten los demás cuando solo te escuchas a ti mismo en la vida. También experimentaron la sensación de pánico cuando, de repente, no pudieron escucharse a sí mismos. No es agradable tampoco, ¿verdad? Finalmente, también aprendieron cuál es el mejor antídoto contra aquellos que no escuchan: ignóralos y habla con otros que te escuchen. Vieron cómo nosotros no pudimos soportarlo y en un instante comenzamos a escucharlos.

Los cuatro hombres reanudan su interminable discusión.

Veo que se abre la puerta opuesta de la sala de conferencias, tomo la mano de Checkered y salimos con una lección invaluable.

Mientras salimos cruzamos el resplandeciente anillo eléctrico. Estamos de vuelta en el salón del restaurante de techo alto de la Torre Eiffel y, de pie frente a uno de los anillos electrificados están Reddish y Breezie y frente a otro están Firee y Greenie. Entonces, de repente, como si un helado se derritiera lentamente, los seis anillos chispeantes se desvanecen. En su lugar vemos a nuestra mentora anticuaria de libros de confianza, Paulina Tetrikus, con su bonito rostro brillando de alegría.

—Jóvenes magos, me enorgullece felicitarlos por superar el difícil desafío de la sordera. No podría estar más orgullosa de cada uno de ustedes,— dice antes de inclinarse y desaparecer en un instante.

En la magnífica sala en la que nos encontramos de repente se siente tranquila, sin la tensión que estábamos experimentando.

"El desafío de la Arrogancia"

Salimos del pasillo todavía aturdidos por lo que resultaron ser experiencias muy similares para cada uno de los tres dúos. Nos esperan las estrechas escaleras de hierro por donde sin sentir peligro seguimos subiendo la torre, no hay muros sino solo la estructura de la torre. Así que estamos expuestos al glorioso clima diurno de París.

—¿No bajaron la guardia una vez más?— Pregunta Thumbpee que acaba de aparecer en mi hombro.

El zumbido intenso pero intermitente de Buggie no solo marca su regreso, sino que también parece estar regañándonos en ráfagas aún intermitentes.

—No pudimos volvernos invisibles o usar pensamientos para comunicarnos...

Trato de completar la última palabra pero...

—¡Ahhh!

El escalón de abajo acaba de desaparecer y estoy en caída libre dentro de un tubo negro. Tengo los dientes apretados, los brazos adheridos a mi cuerpo debido a la fuerza del viento y puedo sentir la piel en mi cara estirándose. Tropiezo de lado a un lado, cada golpe leve duele y quema, la presión del aire contra mis ojos es insoportable como si quisiera abrirlos de par en par. Empiezo a perder la conciencia cuando el tubo comienza a girar, golpeo dentro de sus paredes cilíndricas y esta vez reboto con más fuerza. A continuación, la curvatura del tubo se vuelve más pronunciada al igual que mi rebote de lado a lado. Cuando termina el giro del tubo, soy impulsado hacia arriba a una velocidad vertiginosa y la luz del día me llega a gran velocidad cuando salgo disparado del tubo como una bala de cañón. Vuelo con las piernas en alto y los brazos apretados contra mi cuerpo como una flecha. Voy a diez, veinte, treinta pisos de altura hasta que pierdo impulso y caigo precipitadamente. Ahora mi humanidad no tiene forma simétrica, caigo como un trozo de tela andrajosa, retorciéndome y girando, incapaz de atravesar el vacío en cualquier tipo de posición aerodinámica. A toda velocidad, a tres cuartas partes del camino hacia abajo, golpeo una red masiva. Con la cara y el cuerpo presionados contra la enorme red, veo de primera mano la fuerza oculta que extiende la red hacia el nivel de la calle; el suelo se acerca cada vez más hasta que, a unos pocos metros, la red me rebota en el aire a toda velocidad y esta vez mi vuelo es más corto. Termino rebotando media docena de veces más hasta que la red se nivela. Ahí es cuando veo a mis otros compañeros tirados alrededor de otras partes de la red. Me doy cuenta de que la red gigante está unida a dos esquinas de la torre de nuestro lado y a un par de gruesas columnas de acero en los terrenos del jardín donde se encontraba la torre translúcida

—¿No fue maravilloso?— Dice Breezie.

—Sí,— exclama Greenie.

—Antes de que sigamos celebrando es mejor que salgamos de aquí lo antes posible,— digo.

Usando nuestras extremidades pegajosas nos arrastramos hacia la torre. A medida que nos acercamos, la red se suelta de las dos columnas y nos dejamos caer con la red hasta quedar colgando, todavía unidos a la torre.

'¡Suban chicos! Suban ', pienso en voz alta.

Como arañas, subimos rápidamente y en el momento en que saltamos por las escaleras al aire libre de la torre la red se desprende y cae golpeando fuertemente el suelo. Mientras tanto, volvemos al mismo lugar donde comenzó nuestra caída libre a través del agujero negro.

'Vamos a ser invisibles, ahora mismo', pienso para que todos lo escuchen.

En un instante nos volvemos transparentes.

—Jóvenes magos, este es el segundo tiempo durante el transcurso de los seis desafíos de la torre,— dice Thumbpee en una visita muy breve.

'Sigamos arriba, chicos', pienso mientras les guiño un ojo y les sonrío a todos los demás.

El hecho es que, con peligro o sin él nos lo pasamos de maravilla. Sin embargo, Thumbpee tiene razón ya que es parte de nuestras caras refleja la diversión reciente. Su mensaje ha sido bien recibido.

Subimos con especial atención para detectar cualquier peligro. Un par de pisos más arriba nos encontramos con un segundo restaurante. La placa en la pared dice: Restaurante Jules Verne.

Adentro encontramos un vestíbulo con un atrio de tres pisos de altura. La estructura de la torre de vigas de hierro, rejas y columnas sirve junto con los vidrios panorámicos, como muros del lugar. En lugar de mesas con comensales, vemos seis pantallas gigantes separadas entre sí por paneles y una sillas altas de cuero frente a cada cabina. Encima de cada silla hay un par de auriculares y gafas de realidad virtual. Un campo magnético evita que la persona incorrecta entre en cada cabina, así que investigamos hasta que cada uno de nosotros encuentra su propio lugar. Me pongo las gafas de realidad virtual y los auriculares. De inmediato, las imágenes tridimensionales de mis auriculares me hacen sentir como si estuviera en medio de lo que se proyecta.

Yo (5 años), la anécdota de la bicicleta,
Hilton Head Island, SC
Wobbly es la mejor manera de describir mi versión de cinco años en una bicicleta. Mientras el sol se pone en el horizonte, desde mi puesto soy testigo de los intentos de mis padres por enseñarme a andar en bicicleta. Estamos en una hermosa playa con arena dura como una roca. Innumerables personas andan en bicicleta cerca del borde del agua. La playa de la isla se extiende por millas y millas. La única anomalía en la postal perfecta soy yo. Mis padres hacen todo lo posible para ponerme en el camino correcto, uno me despide, el otro me espera en el otro extremo, pero no sigo las instrucciones. Así

que finjo no escuchar a mis padres y me desvío del rumbo y salgo a montar por mi cuenta. No solo me veo torpe pedaleando, sino que estoy peligrosamente fuera de control. El primer percance ocurre cuando pierdo el control y me sumerjo en el agua, el siguiente es cuando me encuentro con las sillas vacías y las neveras portátiles de los bañistas, luego, en el mismo viaje, todo llega a un clímax cuando choco de frente con dos bicicletas y tumbó en la arena a la pareja de ancianos las monta. Mientras mis padres me regañan, la imagen se desvanece. Luego, en rápida sucesión, me veo mismo en la misma bicicleta pedaleando alrededor de mi madre en Boston y luego chocando suavemente contra un árbol y salir imprudentemente del camino de entrada de nuestra casa sin mirar a los lados, seguido de un automóvil que frena a centímetros de mí. A continuación me veo patinar sin control en la entrada de nuestra casa y atropellar varias bolsas de comestibles que mi padre acaba de descargar de la camioneta familiar. Finalmente, me veo cometiendo el pecado capital de golpear a mi padre por la espalda, haciéndolo derramar café sobre su preciado maletín. La realidad virtual me permite experimentar todo mi comportamiento rebelde de primera mano, lo cual me deja no solo avergonzado, sino también preocupado por si ahora, como adolescente, sigo mostrando la misma actitud. A continuación me veo patinar sin control en la entrada de nuestra casa y atropellar varias bolsas de comestibles que mi padre acaba de descargar de la camioneta familiar. Finalmente, me veo cometiendo el pecado capital de golpear a mi padre por la espalda, haciéndolo derramar café sobre su preciado maletín. La realidad virtual me permite experimentar todo mi comportamiento rebelde de primera mano. Todo me deja no solo avergonzado, sino también preocupado por si ahora, como adolescente, sigo mostrando la misma actitud con A continuación, me veo patinar sin control en la entrada de nuestra casa y atropellar varias bolsas de comestibles que mi padre acaba de descargar de la camioneta familiar.

Tomo mis gafas y los auriculares apagados e inmediatamente veo en mis cinco compañeros las mismas expresiones de desconcierto, dándome cuenta de que acabamos de pasar por experiencias similares.

—No escuchar a mis padres desde tan temprana edad me hizo insoportable,— digo.

—¡Que hay de mí! Realmente pensé que sabía más que mis maestros,— dice Firee.

—No comencé a escuchar a mi mentor hasta los diez años. No puedo entender cómo fue capaz de tener tanta paciencia conmigo mientras yo ignoraba todas sus sabias palabras durante tanto tiempo,— dice Breezie.

—Absorto en mí mismo, preocupado solo por mí y las redes sociales, solo recientemente me involucré y comprometí con los demás y, como consecuencia, he aprendido mucho del mundo de la música clásica de mis padres.— dice Reddish.

—Al ser la principal actriz de televisión infantil de comedias de situación me llamaron prodigio y esto me hizo actuar durante la mayor parte de mi infancia como si fuera superior a los demás. Maltraté e ignoré a demasiada gente,— dice Greenie.

—En mi caso, acabo de presenciar mi ridículo comportamiento hacia mis padres y otras personas cuando aprendí a andar en bicicleta. Un imprudente "sabelo todo" es como me acabo de ver en la realidad virtual,— digo.

Tan pronto como terminamos nos enfrentamos a una pantalla gigante en la que se desplaza un garabato.

"Madre solo hay una"

Madre noble solo hay una,
Una madre gentil es un tesoro que protegemos
y defendemos sin fin,
Una madre cariñosa siempre se merece
cada día de nuestra vida,
todo nuestro amor, honor y respeto,
Una madre generosa siempre hace
TODO Y CUALQUIER COSA por nosotros,
algo que nunca dejaremos
ni olvidaremos valorar y reconocer.
Sus instinto maternal nunca falla;
Su buen juicio materno tampoco;
Ella defiende ferozmente lo bueno y lo malo en nosotros,
independientemente de las circunstancias,
Ella siempre nos lee mejor que nadie
Corrigiéndonos y volviéndonos a encaminar
en un abrir y cerrar de ojos.
Bajo su manto,
Nadie puede sentir por nosotros como ella lo hace
Nadie puede protegernos como ella lo hace
Porque nadie mas que ella
transportó y nutrió en su seno esa cosita que fuimos,
Antes de nacer.
Una madre irremplazable y alucinante a la vez,
es lo que ella siempre es,
Una bendición, un regalo de Dios es lo que ella es,
Una madre noble, amable, cariñosa,
generosa, magnifica y deslumbrante,
Ella lo es todo y mucho más.
Eso es lo que ella es.

Todos nos miramos con rostros culpables.

—Eso es precisamente lo que no valoramos lo suficiente a medida que crecíamos,— reflexiono en voz alta.

El momento termina y escuchamos los aplausos.

—Bravo jóvenes magos, bravo. Acaban de aprovechar al máximo desafío de la arrogancia. Felicitaciones, ahora están cerca de convertirse en verdaderos magos, no lo arruinen todo ahora,— dice nuestros librero de confianza, anticuario y mentor, Morfeo Rubicom, antes de desaparecer en el aire en un instante.

"El desafío de la Tolerancia"

Una luz intensa se filtra por la entrada del restaurante. Sin sentir ningún peligro nos dirigimos hacia la puerta donde vemos un brillo cegador que se origina en las escaleras exteriores de la torre que hemos estado usando. Seguimos la blancura subiendo los escalones hasta llegar a una bifurcación. A la derecha, continúan las escaleras de hierro marrón de la torre y a la izquierda tenemos una escalera amplia, luminosa y blanca que se dirigen de forma sinuosa hacia el cielo y lejos de la torre. Una vez más no sentimos ningún peligro así que salimos y vemos el letrero "escaleras al cielo", comenzamos a subir con temor. A cada lado de los pasamanos, hay un precipicio hasta el suelo de la ciudad luz. La temperatura desciende rápidamente y los vientos a gran altura aumentan. Después de quince minutos de ascenso nos topamos con nubes; pasamos por la densa niebla de formaciones de nubes gigantescas. El cielo azul de París nos rodeó, estuvimos tan cerca de él como para tocarlo, pero finalmente, vimos un inmenso y uniforme conjunto de nubes sobre nosotros que cubría la mitad del cielo. Nuestras escaleras curvas y onduladas nos llevan a la formación de nubes espesas. Seguimos subiendo hasta emerger del otro lado de ella. La capa de nubes parece una interminable alfombra blanca y llenos de bultos. Breezie prueba el suelo de nubes con la punta de su zapato y encuentra firmeza. Todos salimos a una superficie hecha completamente de nubes. En el momento en que estamos todos en terrenos celestiales, nuestra escalera desaparece.

—La superficie es esponjosa y elástica,— dice Breezie como de costumbre caminando delante de nosotros.

—¿Qué quieres decir?— Dice Greenie.

—Déjame comprobar si es lo que pienso para decirles.

Breezie salta en el aire y se deja caer al suelo plano sobre su espalda, para nuestra sorpresa, el suelo actúa como un resorte y Breezie rebota unos buenos diez metros. Pero todo sucede como en cámara lenta. Ahora da volteretas y saltos, luego voltea hacia atrás y rueda en el aire. Ahora levita suspendido a diez metros de altura. Pronto comenzamos a imitarlo y nos convertimos en niños de 8 años en una cama de salto con la diferencia de que esta está hecha completamente de nubes celestiales.

El punto culminante ocurre cuando las nubes laterales nos permiten rebotar lateralmente y acercarnos casi al nivel del suelo hasta que perdemos impulso, caemos al suelo, solo para saltar una vez más. Lo hacemos divirtiéndonos hasta cansarnos.

"Encuentro en las nubes"

Es entonces cuando dentro de la formación de la capa de nubes vemos una pequeña cabaña en la distancia. Con temor, caminamos sobre la superficie esponjosa hacia ella y encontramos que la puerta está entreabierta. El eternamente curioso Greenie es el primero en mirar adentro y nos saluda con la mano para que hagamos lo mismo. Lo que nuestras seis cabezas encuentran en el interior es gratamente inesperado: son los tres personajes que conocimos en diferentes momentos durante nuestra visita por Francia a los seis relojes astrológicos, los tres mentores de mi padre. La Sra. V., el Sr. M. y el Sr. N. están todos adentro.

—Bienvenidos jóvenes magos, pasen, los estábamos esperando,— dice el Sr. M. tomando la iniciativa con su voz de barítono y el más nítido de los acentos ingleses.

Entramos con temor y encontramos seis pupitres vacíos esperándonos.

—Tome asiento, por favor,— dice el Sr. N. en un tono más formal.

Los tres magos nos contemplan con ojos benignos.

—La pregunta clave que tenemos los tres sobre cada uno de ustedes es simple,— agrega.— Y es si todos ustedes merecen convertirse en verdaderos magos en este momento,— Sr. N. pregunta. —En otras palabras, ¿ha obtenido sus credenciales o no?— Dice.

La pequeña Sra. V. se pone de pie y comienza a caminar con pasos cortos y saltarines.

–Blunt, hace décadas cumplimos nuestra misión con tu padre que había comenzado cuando solo tenía ocho años y para entonces ya tenía poco más de veinte años y acababa de terminar sus estudios de posgrado en Harvard,— dice.

El Sr. N. permanece sentado mientras sigue los comentarios de la Sra. V

—De alguna manera nuestro encuentro de hoy es también una sesión final. Aunque esta vez nuestra responsabilidad es mayor ya que sois seis y no estamos entre los mortales mundanos. Después de todo, ustedes ya son magos jóvenes y quieren convertirse en verdaderos magos,— dice de manera formal.

— Se les harán varias preguntas. Aparecerán las palabras flotando en el aire junto con varias posibles respuestas; ustedes seleccionarán y emparejarán una pregunta tocando la respuesta que consideren correcta. Cada uno tiene que responder sin la ayuda de sus compañeros. Un par exacto se volverá verde y uno incorrecto se volverá rojo. Cualquiera de ustedes que no empareje las respuestas con las preguntas tres veces será eliminado,— afirma el Sr. M.

—Buena suerte, jóvenes magos,— dicen los tres mentores mientras se desvanecen rápidamente.

Nos miramos con ojos ansiosos y en seguida comienzan a aparecer las breves frases flotantes y las posibles respuestas; todas las letras son de color blanco brillante.

"¿La libertad está dentro?" es la pregunta que me llama la atención.

'Esta pregunta proviene de uno de los seis libros que la Sra. V. nos dio para leer durante nuestros viajes en tren entre cada uno de los relojes astrológicos', pienso para que todos lo escuchen.

Hipnotizado, levanto la mano y "yo" es la respuesta que selecciono.

En ese momento, tanto la pregunta como la respuesta comienzan a parpadear mientras se vuelven verdes.

—Blunt, ¿cómo te enteraste?— Pregunta Greenie.

—Es parte del libro llamado El triángulo de la felicidad,— respondo.

Checkered elige la pregunta: "¿Cuál es el único estado de felicidad continua?"

Decididamente, elige "Inspiración" y la respuesta es correcta. Las palabras parpadean en color verde.

Esta vez es Reddish quien selecciona una pregunta y una respuesta." Cuál es el nivel más elevado de felicidad?"
"Alegría".

Una vez el emparejamiento se recompensa con una luz verde intermitente. Todos nos miramos en complicidad; las tres preguntas provienen del mismo libro.

"¿Por qué mereces convertirte en un verdadero mago?" es la pregunta que elige Greenie.

"Porque yo dominé todas las virtudes y defectos humanos que se me presentaron y también he completado los seis desafíos que enfrenté ", es la respuesta que ella selecciona y es correcta, ya que las palabras también parpadean en verde.

"¿Cuántos errores cruciales cometió durante la fase de los seis desafíos?" Firee lo selecciona junto con "Dos" y nuevamente la respuesta verde intermitente confirma que es precisa.

"¿Cuál fue el más peligroso de los dos?"

Breezie selecciona y empareja con la respuesta, "Los ascensores", y es recompensado inmediatamente con una luz verde intermitente por su precisión.

"¿Los hechizos están escritos o compuestos en latín?"
"Todos pueden ser; pero lo más importante es el hecho de que suenan como si lo fueran", esta vez Greenie reacciona más rápido que cualquiera de nosotros y, para colmo, las letras verdes parpadeantes confirman que su emparejamiento fue correcto.

"¿Por qué arreglar el reloj de Lyon con los creadores de otro reloj?" "¿Por qué no? ¿Qué está mal con eso?" es el par que selecciono y el emparejamiento es correcto.

"¿Cuál es la última libertad en pie cuando todos y todo se ha perdido?" "Esperanza" es la respuesta que elige Breezie y también es recompensada con letras verdes parpadeantes.

"¿Cuál es el pegamento que conecta el significado y el propósito de la vida?" "Coherencia", es el par que Reddish elige con precisión, el verde parpadeante confirma que la selección también es correcta.

"Aclamamos a la humanidad el creador con ...? " "Fe" es el par que parpadea en verde en el momento en que Checkered termina.

"¿Cuál es la importancia de los pequeños detalles en la vida?"

"Así es como conquistamos el corazón de otra persona", dice Checkered.

En ese momento las escaleras del cielo vuelven a hacerse presentes. Sin dudarlo, comenzamos a descender siguiendo el mismo camino sinuoso.

"¿Cuál fue el punto de lo que acaba de pasar? ¿Simplemente para sentir lo que realmente significa caminar y rebotar en las nubes?" pregunta Greenie.

"Yo diría que lo que acabamos de experimentar es el hecho de que estar por encima de las nubes es algo alegre y divertido. Siempre lo asociaremos con la felicidad", dice Reddish.

"Quiero decir, simbólicamente, también significa que para alcanzar la felicidad tenemos que perseguirla, tenemos que escalar, tiene que haber un esfuerzo para llegar a las nubes y de alguna manera al llegar a este estado elevado nos acercamos al creador", dice Checkered. .

En el momento en que termina su declaración, los escalones de abajo se derrumban en una superficie plana resbaladiza. Dejamos caer nuestros traseros y comenzamos a deslizarnos hacia abajo. Esta vez es un planeo a través de curvas alargadas y una pendiente suave. Descendemos a través de las nubes, y en la distancia pronto comenzamos a ver la magnífica ciudad de París allá abajo. A medida que nos acercamos, la Torre Eiffel se enfoca. Cuando llegamos al final el tobogán se vuelve plano, así que simplemente subimos a la torre. Estamos de regreso en el mismo lugar donde comenzamos, una plataforma al aire libre y 3/4 del camino arriba en las escaleras de la torre. Cuando estamos a punto de comenzar a escalar, justo frente a nosotros se encuentra nuestra mentora de anticuarios Lettizia Dilletante, la escultural belleza nórdica.

—Qué maravilloso, mis queridos alumnos. Felicitaciones, han completado con éxito su último desafío, la virtud de la Tolerancia. Creo que ahora comprenden muy bien la virtud humana de la tolerancia. Les deseo todo lo mejor en sus esfuerzos. Ahora es el momento de que vayan y reclamen sus credenciales de verdaderos magos; el tiempo es esencial ya que sus 24 horas están a punto de expirar,— dice lanzándonos un beso a todos y desapareciendo en un instante.

Nos apresuramos a subir las escaleras y poco tiempo después llegamos a la plataforma de observación en lo más alto de la torre. Allí mismo, con una amplia sonrisa, se encuentra el Orloj con Thumbpee, sentado en uno de sus hombros, y Buggie zumbando incesantemente como siempre.

—Bienvenidos, Bienvenidos. ¡Felicidades! Todos habéis completado con éxito la misión de este año para convertirse en verdaderos magos. Ahora, si es tan amable de acompañarme; Daremos un pequeño paseo a un lugar especial para otorgarles sus credenciales oficiales como verdaderos magos—, dice la antigua máquina de cronometraje mientras con un movimiento de mano desliza sus brazos creando un portal en forma de pequeña puerta. La atraviesa y se llena de emoción mientras choca los cinco con cada uno de nosotros que seguimos al Orloj, caminando a través de lo que equivale a una delgada pared de aire borroso.

"Ceremonia de inducción de Magos Auténticos, Palacio de Versalles"

Estamos parados fuera del magnífico palacio de Versalles en medio de su gigantesco jardín.

—Antes de que los reconozca como verdaderos magos, permítanme presentarles a lo que en la búsqueda del próximo año será un nuevo compañero,— dice el Orloj.

Para nuestra sorpresa, además de Thumbpee y Buggie vemos un gallo dorado cacareando en el otro hombro del Orloj.

—Déjame presentarte a mi hijo mayor. Normalmente es la manecilla del reloj que señala la hora central europea; en su búsqueda del próximo año se unirá a mis otros dos hijos como guía y compañero. Créanme, necesitará a los tres,— dice mientras procede a darnos nuestras credenciales como verdaderos magos.

Gritando y gritando saltamos de alegría y celebración; nos abrazamos y besamos celebrando la hazaña y el logro para el deleite del Orloj y sus tres hijos. Pero aún no hemos terminado.

Repentinamente, vemos en el cielo sobre nosotros las imágenes de tres mujeres vestidas con togas.

—Verdaderos magos, permítanme presentarles a las tres diosas del destino, conocidas como las Moirai en la mitología clásica. Sus nombres son Clotho (la Hilandera), Lachesis (el adjudicador) y Atropos (el Inflexible). Ellos deciden el rumbo de la humanidad. Para la búsqueda del próximo año, que tendrá lugar en el Reino Unido, principalmente en la ciudad de Londres, tendrán que descifrar a cada uno de ellos y el enigma del destino antes de comenzar su búsqueda,— dice la antigua máquina de cronometraje con un gran amplia sonrisa, mientras se desvanecía lentamente junto con su pequeño séquito.

Antes de que podamos reaccionar y despedirnos de él comenzamos a sentir un mareo que nos es familiar; todo a nuestro alrededor se vuelve borroso y en un vacío en el tiempo somos transportados al presente. Lentamente comenzamos a ver las imágenes borrosas de mi tío Bartholomeous y mi tía Maria Antonella disfrutando de una animada conversación en el stand junto al reloj astrológico de la ciudad francesa de Ploermel, el lugar exacto por donde cruzamos el portal del Sr. Kraus hacia Notre-Dame en París. Sabemos que nuestros acompañantes tienen una vaga idea de lo que nos ha pasado en las últimas 24 horas, aunque para ellos solo han pasado unos minutos. Kraus no se ve por ningún lado cuando ambos nos abrazan efusivamente a cada uno.

—Bienvenidos a los verdaderos magos,— dicen a la vez.

Una hora más tarde en la Gare de Lyon de París junto con mi tía y mi tío, nos despedimos de mis cinco compañeros y sus respectivos padres.

En cuanto a mí, tengo los ojos llorosos después de abrazarme fuerte y ver a mi tío Bartholomeous irse a Boston. Subo a un tren con destino a Milán junto a mi tía Maria Antonella en mi camino para cumplir la promesa que le hice de pasar tiempo con mis primos italianos. Poco sé que mi nuevo verdadero estado de mago se pondrá a prueba durante mi visita a Italia.

EPÍLOGO

"El Instituto Central de Artes y Literatura"
(otoño de 2057)

El profesor Cromwell-Smith II y sus alumnos vuelven lentamente del trance en el que se encuentran.

—Clase, les deseo a todos un verano increíble. El próximo semestre los llevaré a la aventura final de el Orloj que tuvo lugar exactamente un año después en la ciudad de Londres,— dice el excéntrico pedagogo antes de cargarse su mochila al hombro y caminar a paso ligero fuera del escenario con una expresión soñadora pero profundamente satisfecho.

Cuando se acerca a su bicicleta sus auriculares suenan repentinamente y registran una llamada entrante de su otra mitad.

—¿Algo de eso fue real?— Pregunta Lynn con un tono desconcertado.

—No todo es lo que parece a tu alrededor, mi amor—, responde crípticamente el excéntrico profesor mientras pedalea en dirección a la estación Hyperloop del Valle Central de California.

Glosario

"Caracteres"

-El Orloj

-The Burly Man (La versión callejera de El Orloj)

-Thumbpee

-Buggie

"Los Seis Arlequines"

- Erasmus Jr. alias BLUNT; ropa azul Boston, Mass. USA.
- Sofía también conocida como REDDISH; ropa roja, Barcelona, España.
- Sanjiv también conocido como FIREE; ropa naranja; Mumbai, India.
- Winnie alias CHECKERED; ropa en blanco y negro; Pretoria, Sudáfrica.
- Sang-Chang alias BREEZIE; ropa amarilla, Shanghái, China.
- Carole también conocida como GREENIE; ropa verde, Beirut, Líbano.

"Los seis Sheppard-Moors"

- Cornelius Tetragor, pastor-moro de la Honestidad: pelo largo y blanco, cola de caballo, viste una túnica larga.
- Lazarus Zeetrikus, pastor-moro de los Rencores: un anciano alto con un sombrero viejo doblado.
- Lucrecia van Egmond, pastor-moro de la Perseverancia y la Valentía: cabello largo y blanco con hebras, nariz aguileña pálida, ojos azul claro, rasgos finos, falda hasta los tobillos, camisa de manga larga.

- Paulina Tetrikus, pastor-moro de la Lealtad: baja y encorvada, evita mirar a los ojos, rostro hermoso pero enojado, cabello negro corto, ojos verdes.

- Morpheus Rubicom, pastor-moro de la Traición: nervioso, nunca se queda quieto, ojos hinchados, extremadamente delgado y alto, cabello abundante rizado y desordenado, viste ropa holgada que cuelga.

- Lettizia Dilletante, pastor-moro del Perdón; cabello rubio en una cola de caballo, escultural, consciente de sí mismo pero humilde. Una belleza nórdica con nombre mediterráneo.

"Otros personajes"

- Erasmus Sr. (padre de Blunt).
- Victoria (madre de Blunt).
- Zbynek Kraus, el anticuario del reloj. Cabello largo y blanco en una cola de caballo, bigote de Fumanchu, viste una túnica azul eléctrico y un sombrero de cono doblado (ambos con estrellas y rayos).
-Bartolomeus, Roberto y Maria Antonella (tíos y tía de Blunt).
-Antonella D'Agostino & Leonardo Conti (anticuarios italianos).
-Señora. Victoria Sutton-Raleigh (Sra. V.).

"Poderes obtenidos"

- Ahora cada uno tiene el poder de crear un escudo de energía para protegerse. Si están juntos, el escudo tendrá forma de cúpula que los protegerá a todos, de lo contrario, cada uno de ustedes podría generar un escudo en forma de placa lateral.

- Ahora todos tienen la capacidad de ver si las personas están infectadas con un virus, incluso a través de las paredes, expresan explícitamente el deseo de hacerlo.

- Ahora tienen la capacidad de conectar los puntos.

- Ahora todos tienen la capacidad de lidiar con la duda y obtener resultados positivos a pesar de la incertidumbre.

- Ahora tiene la capacidad de sentir cuando se acerca un peligro.

- A partir de ahora podrán usar todos sus poderes en los próximos seis desafíos.

ÍNDICE

Un agradecimiento especial a D. Suster, Elisa Arraiz y Tracy-Ann Wynter. Sus invaluables ayudas y fe ciega en mi trabajo han sido una parte intrínseca de la creación de El Orloj. También, Daniel Dorse por su magistral trabajo en la serie The Equilibrist, libros de audio Gracias a todos.

Erasmus Cromwell-Smith II es un escritor norteamericano, dramaturgo y poeta. El triángulo de la felicidad es su primera novela creada durante una muy intense e íntima introspección sobre la vida, creencias y principios del propio autor

CPSIA information can be obtained
at www.ICGtesting.com
Printed in the USA
BVHW051320180522
637331BV00016B/408